„Stöpselklau“ – das Campingbuch

Wehlingsons

WIDMUNG

„Ein Traum,
den man alleine träumt,
ist nur ein Traum.
Ein Traum,
den man zusammen träumt,
wird Wirklichkeit."

- Yoko Ono, amerikanische Künstlerin -

Ich möchte meinem Mann und meinen Kindern danken, da sie immer an mich glauben, egal, wie verrückt meine Ideen manchmal sind. Und ein herzliches Dankeschön an Juliane, meine Ghostwriterin, die mir bei jeder Frage zur Seite gestanden hat. Nicht zu vergessen, ein Dank an mich selbst, dass ich meinen Traum durch dieses Buch Wirklichkeit habe werden lassen, auch wenn es der ein oder andere belächelt hat.

Inhaltsverzeichnis

Hallo, ihr lieben Leser, ich freue mich riesig, dass ihr euch für mein Buch entschieden habt. In diesem Buch werdet ihr viel Liebe, Chaos, Witz und den ganz normalen Wahnsinn erleben. Denn bei uns wird es nie langweilig. Ich hoffe sehr, dass euch meine Erzählung gefällt und wünsche euch viel Spaß beim Lesen und beim Eintauchen in unsere Abenteuer.

Kapitel 1: Zwischen Vorfreude, Bangen und Abenteuer

Lange habe ich den Traum gehegt, Schriftstellerin zu werden und mein eigenes Buch zu schreiben. Ich habe zwar in der Schule schon gesagt bekommen, dass ich so schön lebendig schreibe, aber ich habe leider viel zu viele Selbstzweifel gehabt. Aber nun endlich habe ich alle Zweifel über Bord geworfen und einfach angefangen. Denn, wenn man in einer Bücherei stöbert, findet man auch allerhand blödsinniges geschriebenes Wort und so dachte ich mir, das kann ich besser. Wenn die das können, dann kann ich das schon lange. Aber worüber schreibe ich jetzt eigentlich? Mein Steckenpferd sind eigentlich die Kinderpädagogik, die Psychologie und die Philosophie. Aber irgendwie zu trocken, dachte ich mir.

Eines schönen Tages im Campingurlaub in Italien am Gardasee überkam mich die Idee: CAMPING! Das ist das Thema, worüber gerade alle sprechen. Da ich mit meiner Familie seit drei Jahren leidenschaftlich campen gehe, fand ich die Idee super, und so kam es nun dazu, dass dieses Buch entstanden ist.

Wer bin ich und wer ist meine Familie? Hast du Lust auf eine kleine Kennenlernrunde? Mein Name ist Janina, aber eigentlich immer Jenny genannt. Keine Ahnung, warum, weil Jenny eigentlich ja von Jennifer kommt. Ich habe den Namen jetzt einfach mal angenommen, weil mich jeder so nennt. Ich bin 36 Jahre alt und ausgebildete zahnmedizinische Fachangestellte sowie Tagesmutter und wohne mit meiner Chaos-Bande im schönen Niedersachsen in Schwanewede.

Zu meiner Familie gehört mein Mann, Nils, 38 Jahre alt und selbstständiger Versicherungsvertreter. Meine große Tochter Luna May, 9 Jahre alt, und meine kleine Tochter, Malou Kalea, 6 Jahre alt, die wir liebevoll auch Kalli-Krawalski nennen.

Damit ist unsere Chaos-Bande aber noch nicht komplett. Da ich herzmäßig mit der Kinderplanung noch nicht abgeschlossen hatte, überzeugte mein Mann mich, dass ein Hund vielleicht eine tolle Alternative wäre zum dritten Kind. Aber da stellte sich auch schon die Frage nach der Rasse. Irgendwas Kinderliebes sollte es sein, aber bloß kein Golden Retriever oder Labrador, weil: voll uncool. Dann blieben wir hängen bei der Deutschen Dogge. Zu langbeinig, dachte ich mir. Da wir in einem Schwedenhaus-Bungalow auf 120 Quadratmetern leben und zu viert nicht gerade übermäßig Platz haben, war diese Rasse also auch raus. Dann wurde mir die Bordeaux-Dogge vorgeschlagen. Wenn euch die Rasse kein Begriff ist: Es gibt einen alten Film mit Tom Hanks, der heißt „Scott and Hutsch“. Der Hund, der mit dem Kopf durch die Tür geht, das ist der Hund, den ich meine: etwas kürzere Beine und ein paar Kilos mehr auf den Rippen, aber einen ähnlichen Charakter wie die Deutsche Dogge. Ein paar Kilos mehr auf den Rippen bedeutet 70 Kilo Gesamtgewicht. Aber anfangs sind sie noch klein, da haben sie nur 12 Kilo.

Wir hatten uns also für die perfekte Rasse entschieden. Nun finde aber mal einen Züchter. Das gestaltete sich mehr als schwierig. Ich fand jedoch eine Züchterin an der Butjadinger Küste und mit dem Glück auf unserer Seite war gerade ein Wurf mit sechs Welpen vorhanden. Von diesen Jungtieren waren schon 4 Welpen verkauft, aber eine Hündin und ein Rüde warteten noch auf ihr neues Zuhause.

Wir besuchten die Züchterin und sie schaute mir direkt in die Augen, um mir danach beide Hunde in die Hand zu drücken. „Schau einfach, welcher der bessere für dich ist", meinte sie. Die Züchterin setzte mir zuerst die kleine Hündin auf den Schoß. Doch es passierte nichts. Sie schaute mich mit ihren großen Hundeaugen an, doch mein Herz berührte sie nicht.

Kurz danach gab mir die Züchterin den jungen Rüden. Er blickte mich an und mein Herz gehörte ihm. Und nun haben wir also unseren Onno zu Hause und er bereichert unsere Familie mittlerweile schon seit drei Jahren. Damit ist die Chaos-Bande perfekt.

So reisen mein Mann und ich nun schon seit über drei Jahren durch ganz Europa mit zwei Kindern und einem großen, großen Hund. Angefangen mit dem Camping haben wir durch einen Vorschlag von mir. Denn ich habe als Kind jedes Wochenende mit meiner Mutter auf einem Campingplatz verbracht. Meine Mutter war alleinerziehend mit zwei Kindern und wir wohnten in einer Blocksiedlung in einer Wohnung mit einem kleinen Balkon ohne Garten.

Die günstige Alternative, um uns Kindern regelmäßig Natur zu bieten, war in diesem Fall der Campingplatz. Und so mietete uns meine

Mutter auf einem Campingplatz direkt an der Weser gelegen mit viel Grün ein. Sie holte mich freitags nach der Schule ab und wir fuhren regelmäßig dorthin. Für mich ein Highlight, ich liebte es. Ich hatte meine Freunde dort, verbrachte meine Tage in den Wäldern und auf den Wiesen und genoss es, am Wasser zu sitzen und die vorbeifahrenden Boote zu beobachten.

Eine der schönsten Erinnerungen meiner Kindheit. Und so schlug ich meinem Mann vor, dass wir doch mal campen gehen könnten. Nun überzeuge mal einen Menschen, der eigentlich ein 5-Sterne-Urlauber ist, mit einem nicht ganz so luxuriösen Wohnwagen einfach auf einen Campingplatz zu fahren.

Das Vorhaben gestaltete sich für mich ein wenig schwierig, denn mein Mann ist schon eine kleine Diva, wenn es um Urlaub geht. Er mag den Luxus, im Urlaub bedient zu werden, und er liebt es, wenn alles vom Feinsten ist. Ich machte ihm also deutlich, dass unsere beiden Kinder, 6 und 9 Jahre, in einem Alter seien, in dem sie einen enormen Bewegungsdrang haben. Und wenn ich mir vorstelle, ich sitze mit diesen beiden Kindern in einem 5-Sterne-Luxus-Restaurant in einem 5-Sterne-Hotel, dann bilden sich doch schon leichte Schweißperlen auf meiner Stirn. Ich muss dazu sagen, meine kleine Tochter hat eine Lautstärke, als würde ein Flugzeug neben dir starten. Und meine große Tochter hat einen Bewegungsdrang, bei dem sie nach 5 Minuten aufspringt und den Kellnern zwischen den Beinen durchhuscht, sodass diese lernen zu fliegen.

Im Vergleich dazu konnten wir eine entspannte Fahrt zum Campingplatz haben, dort die Türen öffnen und die Kinder könnten direkt zum Spielplatz rennen. Bonus dabei, wir hätten unsere Ruhe und müssten nicht laufend ermahnend am Tisch sitzen. Auf einem Campingplatz können meine Kinder so laut sein, wie sie wollen, so viel rennen, wie sie möchten, und den ganzen Tag klettern, toben und erkunden. Sie sind ständig unterwegs und Mama und Papa können es sich im Klappstuhl bequem machen und die Zeit zu zweit genießen.

Mit diesem Vergleich habe ich meinen Mann auf meine Seite ziehen können. Er stimmte einer kleinen Testreise zu und schon konnte es für die Chaos-Bande losgehen.

Ich habe daraufhin den Kontakt zu meinem Nachbarn aufgenommen, denn dieser vermietet Wohnwagen und hat direkt mehrere im Angebot. Einer davon war perfekt auf eine Familie mit zwei Kindern ausgelegt. Bei dieser ganzen Vorbereitung kam mir direkt ein weiterer Blitzgedanke: Durch Ferien auf einem Campingplatz spart man Geld und macht günstiger Urlaub. Ein guter Grund, um direkt mehrmals im Jahr in den Urlaub starten zu können.

So begann unsere Abenteuerreise als Familie. Wir machten direkt als Test einen Trip mit dem Wohnwagen des Nachbarn nach Fehmarn.

Es war alles geplant und meine Vorfreude war groß. Alles schön und gut, jedoch bedachte ich in diesem Moment nicht, dass mein Mann leider kompletter Neuling im Campen war. Also bot sich ein Crash-Kurs bei unserem Nachbarn an. Er erklärte uns eindrucksvoll, wo man Wasser und Strom am Campingwagen anschloss, und was unsere ersten Aufgaben nach der Ankunft auf dem Campingplatz sein würden. Dazu gehörten der Wasseranschluss oder das Auffüllen des Wassertanks, das Anbinden an die Abwasserentsorgung und die Koppelung mit dem dortigen Stromangebot.

Wir kamen bei unserem Schnellkurs auch auf das Thema Fahrt zu sprechen, was für meinen Mann glücklicherweise kein Problem darstellte. Dank zahlreicher Führerscheine aus der Bundeswehrzeit konnte er den Wohnwagen ohne größere Probleme lenken.

Der Tag der Abreise rückte näher und wir stürzten uns in das Abenteuer Camping. Mein Mann fand die Idee bis dahin immer noch nicht ganz so prickelnd. Doch er ließ sich darauf ein und so setzten wir uns mit der ganzen Familie ins Auto und machten uns auf den Weg nach Fehmarn.

Die Fahrt auf die Insel war entspannt und brachte keine Komplikationen mit sich.

Glaubt mir, im weiteren Verlauf unserer Campingabenteuer wird sich das noch ändern.

Wir kamen nach über 4 Stunden ohne Stau und 280 zurückgelegten Kilometern auf dem Campingplatz an. Als wir einfuhren, waren wir erst einmal etwas überfordert. Denn wir standen vor einer verschlossenen Schranke. Einer von uns musste also aussteigen und zur Anmeldung gehen. Dort gibst du deinen Namen an, um dir deinen Stellplatz zuweisen zu lassen. Bei vielen der Plätze ist es üblich, dass du eine kleine Karte bekommst. Mit dieser bist du der Herr über die Schranken. Hört sich nicht schwer an, oder? Doch, wie kommt man nun zur passenden Platznummer? Dafür gibt es auf den Campingplätzen sogenannte Platzkarten, die dir den Weg zeigen. Ach so, und du erhältst bei Ankunft meist einen großen Aufkleber oder Zettel, der die Platznummer und den Namen aufzeigt. Dieser Zettel muss sichtbar in deinen Wohnwagen geklebt werden, damit der Platzwart auch weiß, dass du da stehen darfst.

Bei einigen altbackenen Campingplätzen ist das Anmeldeverfahren etwas anders gestaltet. Normalerweise fährst du mit deinem Wohnwagen zum Campingbereich, der dir zugewiesen wurde. Es gibt jedoch Plätze, da koppelst du deinen Wohnwagen ab und ein Traktor bringt diesen zur passenden Stelle.

Vor allem auf Dünencampingplätzen ist das der Fall. Achte bei der Anmeldung genauer auf die Karten, die du dort bekommst. Manche Plätze geben Duschkarten aus. Und weil wir gerade bei diesem Thema sind, hier ein Geheimtipp von mir: Gehe am Nachmittag duschen! Bei den meisten Campern ist es so: Gemütlich nach dem Frühstücken wird geduscht. Möchtest du nun also zwischen 9 und 11 Uhr duschen gehen, dann stehst du Schlange. Am Nachmittag hingegen ist die Dusche leer. Außerdem zu beachten ist, dass manche Waschhäuser Öffnungszeiten haben.

Meine Kinder erhielten bei Ankunft beide ein Silikonarmband, auf dem meine Handynummer notiert war.

Ich bat beide Mäuse, dieses Armband zu tragen und bei einem Notfall die lieben Mitcamper einfach zu fragen, ob sie diese Nummer anrufen könnten. Im Fall der Fälle würde ich sofort zur Stelle sein.

Wir waren also gerade erst angekommen, meine Mädels schnappten ihre Fahrräder und waren direkt im Abenteuer.

Somit hatten mein Mann und ich ausreichend Zeit, den Campingwagen aufzustellen. Für uns bedeutete das, die Infos meines Nachbarn praktisch abzuarbeiten. Also verlegten wir den Abwasserschlauch, füllten Frischwasser auf und schlossen Strom an. Anschließend fuhren wir die Stützen des Campingwagens heraus und loteten den Wohnwagen aus, damit er gerade stand und uns nicht das Frühstücksei vom Teller rollen würde.

Da waren wir nun, direkt auf einer kleinen Insel, die eine einmalige und wunderschöne Aussicht auf die Ostsee bot. Für mich als „alten Campinghasen“ hieß das Klappstühle rausholen, Füße hochlegen und genießen.

Mein Mann, der sonst ein 5-Sterne-Hotel gewohnt war, bemerkte, wie einfach und entspannt ein solcher Urlaub sein konnte, wenn die Kinder nur zu sehen waren, wenn der Magen knurrte wie ein Bär. Im Vorbeigehen wurden Würstchen und Brötchen geschnappt. Oder frisch aufgeschnittenes Obst, welches zuvor auf dem Tisch gestanden hatte, von einer Horde Kinder in Windeseile verspeist. Das ist das Real-Camping-Leben einer Familie. Für mich heißt Camping Erholung, Zeit für mich und vor allem hat man Zeit als Paar. Ich komme während eines Campingurlaubs zum Lesen, zum Füßehochlegen oder zu einem schönen Spaziergang am Wasser. Man kommt als Urlauber einfach zur Ruhe und kann den Alltagsstress vergessen.

Camping bietet noch einen anderen Pluspunkt: Man hat nette Nachbarn, mit denen man mal schnacken kann, und es ergeben sich zahlreiche coole Freundschaften so direkt am Campingzaun.

Ich werde euch in den nächsten Kapiteln immer mal wieder etwas zu unseren Bekanntschaften erzählen und welche Erlebnisse wir gemeinsam hatten.

Mein Plan „Probeurlaub" ging auf. Die Kinder waren happy, mein Mann relaxt und dem Campingfieber verfallen. Er stellte noch vor Ort fest, dass dieser Urlaub mit Kindern wesentlich entspannter sei als in einem Hotel.

Kapitel 2: Heimlichkeiten bei der Chaos-Bande

Direkt auf der Rückfahrt machte ich mich im Internet auf die Suche nach einem passenden Campingwagen, der für uns als Familie infrage kommen würde. Es dauerte nicht lange und ich wurde fündig. Jedoch lag der besagte Wohnwagen nicht ganz in unserer Preisklasse. Verguckt hatte ich mich in ein Ausstellungsstück vom Hersteller Adria. Ein wirklich schönes Modell, welches ich zu gerne gehabt hätte. Damals wusste ich noch nicht, was mir blühen würde.

Mein Mann hatte von mir unbemerkt begonnen, den Wohnwagen über Wochen hinweg auf einer Online-Verkaufsseite zu beobachten. Jeden Abend hatte er seinen Laptop vor der Nase und immer, wenn ich ihn fragte, was er da treibe, kam das bekannte „Och, nichts“ über seine Lippen.

Heimlich verfolgte er den Wohnwagen also über Wochen hinweg, ohne mich in sein Vorhaben eingebunden zu haben. Irgendwann sagte er zu mir: „Morgen fahren wir nach Aurich.“ Ich fragte ihn, warum wir dort hinfahren würden. Ganz locker antwortet er mir: „Ich möchte mir den Wohnwagen anschauen.“

Mehr als ein „Aha“ brachte ich nicht hervor. Überrascht über seine Entscheidung setzten wir uns als Familie also in unser Auto und fuhren nach Aurich. Ich und auch die Kinder sind spontan, also machte uns der kleine Trip wenig aus.

Was ich jedoch nicht wusste, dass bei meinem Mann das Anschauen mit dem Kaufen verbunden war. Also sind wir nach Aurich gejuckelt und haben uns den Wohnwagen vor Ort angesehen. Der Verkäufer nahm sich viel Zeit und zeigte uns alles ganz genau. Nach seinem Rundgang meinte er zu uns: „So, liebe Familie Wehling, Sie können sich den Wohnwagen nun noch einmal in aller Ruhe anschauen, und wenn Sie weitere Fragen haben, können Sie mich gerne rufen."

Mein Mann ergriff daraufhin das Wort und sprach den Verkäufer an: „Um eines würde ich Sie direkt noch bitten wollen, bevor Sie gehen. Würden Sie bitte direkt den Vertrag fertigmachen." Ich war völlig entsetzt und schaute wahrscheinlich aus, als hätte ich einen Geist gesehen. Ich sagte nur: „Wie jetzt?"

„Ja", meinte mein Mann, „der Wohnwagen hat doch alles, was wir brauchen und uns gewünscht haben. Er sieht gut aus, dir gefällt er und mir gefällt er und der Preis stimmt mittlerweile auch."

So überrumpelte er mich völlig und ich stand nun da und war Besitzerin eines Wohnwagens. Ach du Schreck!

Der Verkäufer machte den Vertrag fertig, wir unterzeichneten und fuhren mit diesem in der Tasche nach Hause. Ich hatte natürlich keine Ahnung, was man für einen Wohnwagen alles brauchte. Ich hatte zwar nun einen, aber was musste ich alles besorgen? Ich hatte keinen Schimmer, was ich benötigen würde, damit wir den Wohnwagen für den nächsten Urlaub würden nutzen können. Denn in dem Leihwohnwagen war einfach alles enthalten. Somit war auch ich ein Neuling. Ich kannte zwar das Campen, aber ich hatte keine Ahnung, was in einen Wohnwagen gehörte.

Kapitel 3: Ich packe meinen Wohnwagen und nehme mit ...

Da saß ich nun zu Hause als frisch gebackene Wohnwagen-Besitzerin und überlegte mir, ob ich eine Campingliste schreiben sollte. Mein Mann rief mir von hinten nur zu. „Ich packe meinen Wohnwagen und nehme mit …“ Gar keine so schlechte Idee! Ich schrieb also eine Checkliste mit diversen Sachen, die man als Camper so braucht. Habt ihr vielleicht Lust, genau diese Checkliste jetzt zu sehen? Dann seid gespannt, denn ich packe meinen Wohnwagen und nehme mit ...:

- Vorzelt
- Teppiche
- Tische
- Stühle
- Campingschränkchen
- Töpfe
- Pfannen
- Besteck
- Teller
- Tassen
- Gläser

Und viele weitere Utensilien, die das Camper-Leben vervollständigen sollen. Kleiner Tipp: Meine detaillierte Checkliste könnt ihr am Ende des Buches lesen.

Jeder, der einen Wohnwagen besitzt, weiß, wovon ich spreche. Es war nicht wenig, was wir da besorgen mussten. Das heißt, der Wohnwagen ist ja bereits teuer genug, da werdet ihr mir sicherlich zustimmen. Was macht man nun, um noch ein bisschen Geld zu sparen? Schnäppchen ist das Zauberwort. Man schaut also nach, wo man etwas am preiswertesten bekommt. Also habe ich mich an meinen Rechner gesetzt und das schlaue Internet befragt. Dort kann man viele Foren finden, wo man nachlesen kann und sich Insider-Tipps holen darf. Einer der Ratschläge brachte uns wirklich weiter, denn er empfahl uns das Einkaufen bei Obelink in Holland.

Obelink kann man sich vorstellen wie einen Ikea, eben bloß für Campingausstattung und Zubehör. Man bekommt dort wirklich jegliches Utensil, was ein Camper so braucht, und das wirklich für humane Preise.

Also haben mein Mann und ich geplant: Die erste Reise führte uns direkt zum schwedischen Einrichtungshaus Ikea, denn dort konnten wir Bettwäsche und Handtücher, Decken und Kissen kaufen. Und natürlich ein bisschen Deko für die Mutti. So nach dem Motto:

„Schatz, ich muss noch zu Ikea."

„Was willst du denn da?"

„Och, noch ein paar Kerzen kaufen."

Du kommst raus und hast dann eine 1000-Euro-Rechnung. Aber so teuer war es dann doch nicht. Wie gesagt, wir sind also zu Ikea gefahren, haben Decken, Kissen, Bezüge, Deko und natürlich Kerzen gekauft. Diverser Kleinkram durfte nicht fehlen. Damit hatte ich schon einmal einen kleinen Anfang von dem, was ich brauchte. Und so kam auch der Tag näher, an dem wir unseren Wohnwagen abholten. Mein Mann hatte zu dieser Zeit eine spontane Blitzidee: „Okay, wenn wir nach Aurich fahren, ist es ja nicht weit bis Holland. Warum machen wir es dann nicht so, wir fahren erst nach Holland, holen da alles, was wir brauchen, fahren dann mit dem beladenen Bully weiter nach Aurich, holen dort den Wohnwagen ab und fahren dann von dort aus direkt weiter in den Urlaub."

Und so war es dann auch. Wir sind nach Holland gefahren und waren bei Obelink einkaufen. Dieser Einkauf war so was von spaßig, dass ich euch dieses Abenteuer nicht vorenthalten möchte:

Obelink hat ganz normale Einkaufswagen, wie man sie überall sieht, wenn man in einen Supermarkt geht. Ihr kennt die Dinger, die für Großeinkäufe grundsätzlich zu klein sind. Und damit ihr wisst, in was für ein Abenteuer wir uns da wieder stürzten, hier einen kleinen Einblick in die Obelink-Einkaufsumgebung. Der Laden an sich besitzt eine Einkaufsfläche von sechs Fußballfeldern und wir mittendrin.

Diese Fläche ist auf mehrere Hallen aufgeteilt. Wir sind also mit unseren Mini-Einkaufswagen in die erste Halle reinspaziert. Die erste hatte ich gerade einmal zu einem Viertel durchlaufen und schon war mein Wagen voll. Dann kann man sich also vorstellen, wie viele Wagen ich eigentlich gebraucht hätte, um meinen ganzen Einkauf zu verstauen.

Im Endeffekt waren es drei Einkaufswagen prall gefüllt mit Kleinkram und dann noch einmal zwei überquellend mit großen Utensilien wie dem Vorzelt und anderen unhandlichen Produkten.

Das heißt, wir haben uns dann also voll in das Vergnügen gestürzt. Rein, und den ersten Einkaufswagen voll packen, runter, der nächste Einkaufswagen, wieder rein und so weiter. Okay, irgendwann hatten wir schon so viel eingekauft und immer wieder bezahlt, dass wir uns überlegten, nicht das ganze Geld von unserem Girokonto zu verwenden, sondern vielleicht erst einmal die Kreditkarte zu zücken. Wofür hat man diese tollen Erfindungen?

Und so befanden wir uns dann am absoluten Ende der Einkaufs-Odyssee bei Obelink an der Kasse und hatten einen Betrag von etwa 5500 Euro auf der Rechnung stehen. Jedoch waren unsere Kreditkarten auf Limit gestellt, einmal 2000 und einmal 3000 Euro. Und dann standen wir da, versuchten, unseren Warenwert von 5500 Euro zu bezahlen, und es ging einfach nicht. Die zweite Zahlung ging nicht durch, die erste schon.

Da waren wir nun an der Kasse mit den ganzen Einkaufswagen voll und konnten nicht bezahlen, weil wir gedeckelte Bankkarten besaßen. Meinem Mann stand der Schweiß schon auf der Stirn und er wusste nicht mehr so recht, wo hinten und vorne war, weil wir diese Sachen ja auch brauchten. Immerhin war der nächste Urlaub direkt im Anschluss daran geplant. Wir haben dann alle Karten, die wir besaßen, durchs Lesegerät ziehen lassen und am Schluss mit Hängen und Würgen die letzten 500 Euro von unserem privaten Konto abbuchen lassen. Nach dieser Aufregung standen wir nun in der Tiefgarage, völlig fertig und haben uns geschworen, dass beim nächsten Einkauf die Karten ohne Limit sein würden.

Die Erfahrung muss man machen. Ich hätte auch nicht gedacht, dass wir da einfach mal 5500 Euro lassen würden, und es wartete bereits das nächste Problem auf uns.

Denn jetzt waren wir unterwegs mit den gesamten Einkaufswagen nach unten zu unserem Bully. Wir fahren glücklicherweise einen T6. Unser Auto hat auch einen Namen, es heißt Henry Hollywood. Und Henry stand nun da, in seinem schönen Schwarz, wir machten die Klappe auf und da kam uns der Gedanke: „Wie bekommen wir das da alles rein?“

Es war ja schön, dass wir alles gekauft hatten, aber wie sollte das da nun alles reinpassen, zumal wir ja auch die Kinder mit dabei hatten und somit nicht alles vollpacken konnten.

Das hieß, es war Tetrisspielen im Kofferraum angesagt. Wir haben versucht, die großen Teile nach unten zu packen. Die kleinen Sachen vorne dazwischen zu schieben und so viel Platz zu lassen, dass wir noch Sitzplätze zur Verfügung haben würden. So vollgepackt, wie wir waren, mit Einkauf, Kind und Kegel, sind wir dann Richtung Aurich gefahren und haben unseren neuen Wohnwagen in Empfang genommen. Der wurde auch direkt noch vor Ort getauft. Unser Wohnwagen bekam den Namen Bob, auch liebevoll Bobby genannt.

Bobby wurde dann angekuppelt und mit in den Urlaub genommen. Wir sind von dort aus direkt nach Rerik an die Ostsee gefahren. Dort haben wir den allerersten Urlaub mit unserem eigenen Wohnwagen und unserem eigenen Zubehör verbracht. Wir haben dabei allerdings auch festgestellt, dass man noch ganz, ganz, ganz viel lernen muss.

Kapitel 4: Zentimeterklauende Lkws und andere Problemchen

Ganz viel lernen bedeutet bei einem Camper natürlich erst einmal: Wie fahre ich überhaupt mit einem Wohnwagen? Was muss ich bei der Beladung beachten? Wieviel darf ich an Kilos in meinem Wohnwagen haben? Was darf mein Auto an der Achse hinten wiegen? Was hat mein Wagen eigentlich für eine Zugkraft? Diese Fragen sollte man sich als Neucamper stellen, bevor man einen Campingwagen überhaupt ankoppelt. Wenn man ihn dann dran hat, dann beginnt auch direkt die Praxislernstunden. Denn es kommen Fragen auf à la: Wie mache ich den Wohnwagen fest, wo stecke ich den Strom an? Und das sind noch längst nicht alle Fragen, die auf einen Camper einprasseln. Denn es kommen weitere hinzu: Wie mache ich das Abreißseil fest, habe ich die Zusatz-Spiegel dran, wo kommen diese überhaupt dran?

Das Thema Spiegel war bei uns nicht ganz einfach. Wir haben jetzt glücklicherweise welche an Henry Hollywood, die perfekt passen. Denn auch uns ging es schon so, dass wir während der Fahrt einfach einen Spiegel verloren haben. Und dann geht es los: Man fährt also mit seinem Wohnwagen so vor sich hin. Und schon nach wenigen Metern kommen die ersten Probleme auf einen zu. Man sieht von Weitem eine Baustelle – oh je! – eine sehr enge noch dazu. Da können einem schon einmal die Schweißtropfen auf der Stirn stehen, wenn zwischen deinem Wohnwagen und der Baustellenabsperrung maximal gefühlte 2 Zentimeter liegen. Natürlich sind es einige mehr, aber das Gefühl sagt einem etwas vollkommen anderes.

Wenn dann noch neben dir in der Baustelle ein Lkw fährt, dann klaut der dicke Brummi dir auch noch einen Zentimeter, dann bist du gefühlt bei fast null Zentimetern. Alles nicht ganz einfach, wenn man mit dem Wohnwagen unterwegs ist. Ist man dann auf einem Campingplatz angekommen, steht die nächste Frage im Raum: Wohin mit dem guten Stück?

Manchmal sieht man auf den Campingplätzen einige Stellen, die sich gut eignen. Ab und an sieht man ein bisschen Rasen auf den Flächen, wo man genau weiß, dass dort die Wohnwagen standen. Oder man sieht eine völlig platt gedrückte Fläche, die auf einen Vorzeltteppich hindeuten lässt. Man kann also erahnen, wie die meisten Wohnwagen vorher gestanden haben. Aber manchmal ist es nicht so schlau, sich daran zu orientieren. Denn es kommt auch immer darauf an, wo welche Bäume stehen. Denn wenn du Nadelbäume hast, die sehr oft Harz verlieren und du dann keine Plane hast, um den Wohnwagen oder das Auto abzudecken, dann hast du bald einen klebrigen Wohnwagen oder ein vollgesautes Auto. Kurzum: Harz und Vogelkacke sind keine gute Kombination.

Kapitel 5: Ein Wohnwagen, zwei Kinder: Zwischen Chaos und Spaß – Die Vorbereitungen

Ich nehme dich in diesem Kapitel mit in unseren gemeinsamen Urlaub. Zwischen Chaos und Spaß bewegen sich bei uns die Gemüter, wenn wir gemeinsam mit unseren zwei Kindern in einem Wohnwagen Urlaub machen. Bist du schon gespannt, was für tolle Geschichten ich dir zu erzählen habe? Dann schnapp dir am besten einen Kaffee oder einen Tee und trete ein in meine Wohnwagenwelt.

Eigentlich beginnt bei uns alles mit der Reise im Auto. Wir fahren meist in der Nacht und eine gute Organisation ist das A und O. Meine erste Aufgabe besteht darin, dass ich einen Organizer in die Mitte der Rückbank unseres Autos packe. Wer selber Kinder hat, wird das Problem der nimmersatten Raupe kennen. So ist es auch bei meinen beiden Mädels, weshalb ich für die Nachtfahrten immer ein Lunchpaket zusammenpacke.

Jetzt bist du doch sicherlich gespannt, was bei mir in das Lunchpaket kommt. Neben einem Getränk für jeden habe ich kleine Leckereien wie Frikadelle im Brötchen, Milchbrötchen, Knoppers, geschnittenes Obst, etwas Süßes, Bifi darf natürlich nicht fehlen.

Jedes meiner Kinder darf sich außerdem eine Decke und ein

Kuscheltier mit auf die Rückbank nehmen. Und da sind wir auch direkt beim nächsten Thema: Kinder und die Ruhe vor dem Sturm. Wenn meine beiden Mädels im Auto nicht gerade in das Land der Träume entweichen, wollen sie natürlich eine Beschäftigung genießen. Jeder, der selbst Kinder hat und diese im Auto über längere Strecken beschäftigen darf, kennt die grausame Frage: „Wann sind wir endlich da?"

Wir haben uns natürlich auch mit dem Thema Beschäftigung auseinandersetzen müssen. Unsere Kinder haben im Auto die Möglichkeit, mit Magnetspielen sich die Zeit zu vertreiben. Der Vorteil an diesen Spielen ist, die Spielsteine sind auf einer Magnettafel befestigt und können während der Fahrt nicht herunterfallen. Eine Alternative ist ein kleiner, aus Styropor bestehender Tisch, auf dem wir meist Aquadoodle gespielt haben. Wer es vielleicht nicht kennt: Bei diesem Malexperiment bekommt jedes Kind einen Stift, der mit Wasser gefüllt wird. Auf einer weißen Malunterlage können dann kreative Meisterwerke entstehen. Trocknet die Malunterlage, ist das Blatt wieder weiß und kann erneut bemalt werden. Der Vorteil ist, die Farbe kann nicht kleckern, es ist leicht anzuwenden und die Kinder erfreuen sich daran.

Vielleicht ein Tipp für deine Kinder, wenn mal wieder die Langeweile zu euch kommt.

Kinder werden irgendwann auch größer und wollen nicht mehr malen oder ein Spiel spielen. Deswegen mussten auch wir uns geschlagen geben und die digitalen Unterhaltungsmöglichkeiten mit an Bord holen. Die Nintendo Switch hat also auch bei uns im Auto einen aktuellen Platz. Ebenso wie das Tablet und die DVD. Ich selber mag Spielekonsolen weniger. Wenn es nach mir ginge, könnte man die ganze Sparte vom Markt nehmen, denn es lässt die Kinder verblöden. Doch auch ich musste mich geschlagen geben, denn wenn wir in Urlaube fahren, die mehr als 10 Stunden Fahrzeit mit sich bringen, dann kann man die Kinder auf Dauer nicht mehr nur mit Kreativität beschäftigen.

Fahren wir am Tage, dann bin ich der Unterhaltungsmeister und spiele mit den Kindern ganz klassische Autobahn-Spiele. Du kennst sie vielleicht: „Ich sehe was, was du nicht siehst" oder das bekannte Nummernschilderraten. Beides sorgt bei uns im Auto immer für Abenteuer und Gelächter.

Wenn wir dann unterwegs sind, finde ich es besonders wichtig, für die Kinder Taschentücher und Desinfektionsmittel dabei zu haben. Vor allem bei unseren Pipi-Pausen ist es gut, sich danach die Hände mit Desinfektionsmittel zu besprühen. Die meisten Raststätten sind eine Zumutung. Da bin ich gelegentlich froh, eine Toilette im Wohnwagen zu besitzen. Sollten wir diese nicht nutzen können, dann machen wir die bekannte Toilettenstellung. Jeder kennt sie, wenn man in die Hocke geht und versucht, die Toilette einigermaßen zu treffen, ohne sich auf die Brille zu setzen, und inständig darum bittet, nicht das Gleichgewicht zu verlieren. Als Mama hat man da noch eine weitaus größere Herausforderung, wenn man zwei Mädels hat und diese in einer hockenden Position auf den Arm nimmt und hofft, dass Kind möge die Toilette treffen und nicht einen selbst. Bloß nicht die Toilette berühren! Ihr kennt es sicherlich. Auch ich habe diese Meister-Stellung gelegentlich trainiert. Nun aber weg vom Klothema.

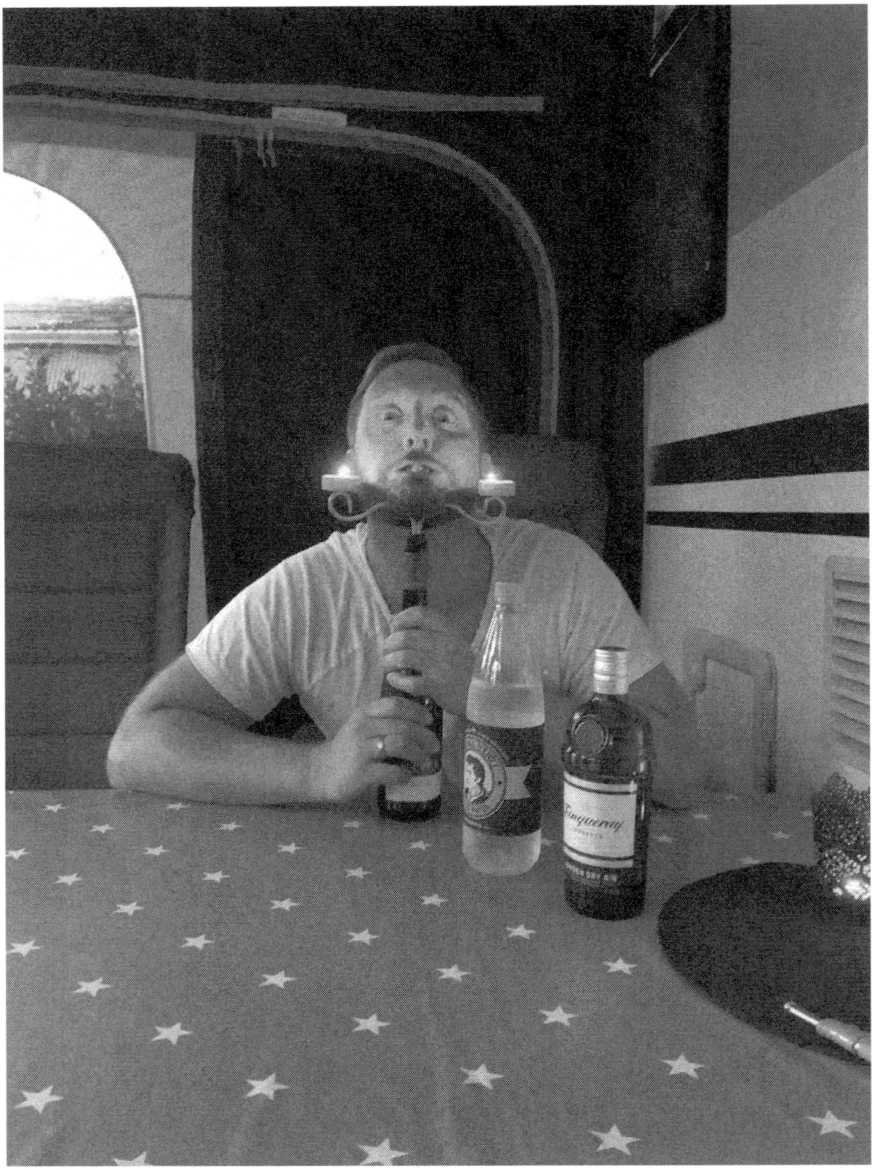

Kapitel 6: Italienurlaub

Ich hatte ja erwähnt, dass ich euch mit in unseren Urlaub nehmen würde. Das heißt, du darfst jetzt in den Wohnwagen der Wehlingsons einsteigen und einfach mal mitkommen. Wir werden sehen, was dich erwartet.

Ich möchte euch noch ein Geheimnis verraten: Ich bin kein Fan von langen Fahrten. Denn jede Stunde, die wir mehr im Auto sitzen, kostet mich mehr Nerven mit den Kindern. Deswegen haben wir meist Ziele, die maximal 4 bis 5 Stunden entfernt sind.

Mein Mann wollte allerdings unbedingt Sommerurlaub machen, was in Deutschland nicht immer zu gewährleisten ist, bezüglich stabilen Sonnenscheins. Für meinen Mann heißt Sommerurlaub also, ein Land zu bereisen, wo auch wirklich Sommer ist. Sein Vorschlag war also, wir fahren als Familie nach Italien an den Gardasee.

Für Campingfreunde einer der Hotspots für einen erholsamen Urlaub. Zu dem Ganzen gehörte natürlich auch eine Menge Organisation, weil 1240 Kilometer Fahrt bedeutet, genügend Pausen einzulegen und eventuell einen Zwischenstopp einzuplanen. Ich gestehe es euch, ich hatte ein wenig Angst, mit den Kindern eine so große Tour zu machen. Ich wusste nicht recht, ob meine Kinder das hinbekommen würden, denn die Reise würde eine lange Anfahrt mit viel Sitzen bedeuten. Aber mein Mann hatte eine geniale Idee. Sein Stiefbruder lebt mit seiner Familie in Schwäbisch Hall. Sie boten uns an, einen Zwischenstopp dort einzulegen, eine Zeit dort zu verweilen, um Energie zu tanken und dann nach Italien weiterzureisen. Ich fand die

Idee total klasse und meine Kinder waren Feuer und Flamme über den Besuch bei der Verwandtschaft. Denn leider sehen wir den Stiefbruder meines Mannes mit seiner Frau und beiden Kindern sehr selten. Gelegentlich besucht man sich an Feiertagen, dann aber auch nicht jedes Jahr. Und die letzte Zusammenkunft hatte gute zwei Jahre zurückgelegen.

Okay, die Reise konnte also beginnen. Wir koppelten unseren Wohnwagen an und fuhren los. Es lief alles super. Wir hatten keinen Stau und keine Unfälle, die uns behinderten. Meine Mädels machten gut mit und wir nutzten die Nacht, um die Strecke größtenteils zurückzulegen. Also alles super. Was doch recht ungewöhnlich für uns ist. Und wie sollte es anders sein: Genaue eine Stunde vor Schwäbisch Hall traf uns die erste Reise-Katastrophe. Nils durchbrach mit seiner Stimme die Stille im Auto: „Schatz, hörst du das, was ich höre?“ Ich erwiderte nur: „Ich höre nix.“ Nils bohrte noch einmal nach: „Hörst du dir den Wagen bitte an, der klingt eigenartig.“ – „Ich höre nix!“, sagte ich erneut. „Und außerdem fährt er sich komisch, der ruckelt immer so“, gab Nils mir zu verstehen. Ich bestätigte ihm wieder: „Ich höre nix, ich merk nix. Mein Bully läuft, alles gut.“

Nils hat direkt bei seinem Bruder angerufen, ob es in der Nähe eine VW-Werkstatt gäbe. Sein Bruder bestätigte uns, dass in dem Ort eine entsprechende Autowerkstatt sei. Also bat mein Mann seinen Bruder darum, einen Termin auszumachen. Denn so wollte er definitiv nicht weiter nach Italien fahren.

Wir haben es dann ohne weitere Probleme noch nach Schwäbisch Hall geschafft. Mein Mann setzte mich und die Kinder bei seinem Bruder ab. Meine Mädels waren voller Begeisterung und freuten sich über die anstehende Spielzeit mit der Verwandtschaft. Nils koppelte den Wohnwagen ab und fuhr direkt mit seinem Bruder in die Werkstatt. Da stand ich nun mit einem Wohnwagen und meinen Kindern und hoffte inständig, dass unser Auto keine Reparatur benötigte.

Später kamen Nils und sein Stiefbruder, Jens, wieder, aber ohne meinen Bully. Ich schaute Nils ganz skeptisch an: „Wo ist mein Bully?" Er bestätigte mir, was ich schon befürchtete: „Ja, der bleibt da. Er hat einen Kupplungsschaden."

„Wie, der bleibt da?", erwiderte ich. Nils berichtet mir nur, dass unser treuer Begleiter eben diesen Kupplungsschaden habe und nun repariert werden müsse. Das hieß, wir mussten die kompletten Kleidungsstücke und alles, was wir im Bully hatten, herausholen und umladen.

Wie vom Blitz getroffen, stand ich da und war völlig verzweifelt. Wie sollten wir jetzt mit dem Wohnwagen nach Italien kommen? Nils antwortete mir ganz trocknen: „Ich habe schon mit dem ADAC telefoniert. Sie übernehmen das und geben uns einen Leihwagen und bringen unseren Bully wieder nach Bremen. Wir müssen jetzt schauen, dass eine der Autovermietungen in der Nähe einen passenden Wagen für uns hat."

Wir setzten uns also an das Telefon und riefen alle Autovermietungen, die es in der Umgebung gab, an. Das Problem war allerdings: Wir brauchten ein Auto, welches groß genug war, um alle Sachen unterbringen zu können, und das Fahrzeug brauchte eine Anhängerkupplung und genügend Zugkraft.

Wir telefonierten also ohne Witz über einen Tag, um am Ende eine Vermietung zu finden, die wohl ein Fahrzeug reinbekommen sollte, welches unseren Ansprüchen entsprach. Für Jubel war es aber noch nicht an der Zeit. Denn diese Vermietung war über eine Stunde Fahrzeit entfernt und die Dame am Telefon gab zu verstehen, dass laut deren System dieses Fahrzeug eine Anhängerkupplung zwar haben sollte, jedoch könnte sie erst am nächsten Tag zu 100 Prozent sagen, ob diese auch tatsächlich noch am Fahrzeug war.

Somit hatten wir anstatt einem eingeplanten Tag Rast drei Tage ungeplante Zwangspause in Schwäbisch Hall. Wir haben die Zeit aber trotzdem genutzt und erkundeten die Umgebung mit Radtouren und anderen Annehmlichkeiten.

Am nächsten Tag bekamen wir dann auch wirklich den Anruf, dass der Leihwagen auf dem Rückweg sei und wir uns auf den Weg machen könnten. Natürlich sind wir nicht zu Fuß gelaufen. Sondern der Nachbar meines Schwagers fuhr Nils, da sein Bruder arbeiten musste.

Nils fuhr also über eine Stunde zu dieser Autovermietung, um zu hoffen und zu bangen, dass dieses Leihfahrzeug eine Anhängerkupplung besaß.

Nils lief also während seiner Wartezeit in der Vermietung auf und ab und stampfte Rillen in den Boden in der Hoffnung, dass der Leihwagen eine Anhängerkupplung haben mochte, denn davon hing unser Urlaub ab.

Was soll ich sagen – „Willkommen im Urlaub der Wehlingsons“.

Als der Wagen endlich auf den Hof der Vermietung fuhr und die Dame ihm sagte: „Wir haben eine Anhängerkupplung“, ist meinem Mann ein Brocken vom Herzen geplumpst. Wir bekamen anstatt eines Bullys mit Automatik einen Seat Alhambra mit Schaltung. Von der Größe her war das Fahrzeug vollkommen ausreichend.

Nils kam also mit dem Wagen nach Schwäbisch Hall zurück und wir packten wieder unsere sieben Sachen, um den Urlaub mit 3 Tagen Verspätung fortzusetzen.

Wir waren keine 50 Kilometer gefahren, bekam Nils eine Nachricht auf sein Handy, die ich durch einen dummen Zufall gelesen habe. Dort stand drin: „Ich habe Onno jetzt abgeholt, ihm geht‘s gut.“ Mir kam nur ein verdutztes „Onno“ heraus. Der war bei einer Kollegin meines Mannes untergebracht, während wir unsere Abenteuerreise machten. Ich war etwas verwundert, denn die Nachricht kam von Nils‘ Papa. Ich schaute meinen Mann an und fragte ihn: „Warum hat Papa dir geschrieben, dass er Onno abgeholt hat? Ich verstehe nur noch Bahnhof. Onno ist doch bei deiner Arbeitskollegin untergebracht.“ Nils schaute mich mit großen Augen an: „Ich wollte es dir nicht sagen, weil du immer so gestresst bist, wenn etwas vorfällt.“ Leicht angesäuert und genervt fragte ich nur: „Was ist jetzt wieder passiert?“

Also erklärte Nils mir, warum Onno jetzt nicht mehr da war, wo er hätte sein sollen. „Ja, Schatz, der Onno war ja bei meiner Kollegin. Sie hat jedoch nach zwei Tagen festgestellt, dass Onno wohl doch zu viel Dreck macht und sie den Hund lieber wieder abgeben möchte." Ja klar, ein 70-Kilo-Hund mit Schlapperschnauze macht eben nun mal Dreck.

So, da standen wir also vor dem nächsten Problem, denn mit einem unkastrierten Rüden findest du keine Pension, da das Risiko zu hoch ist, dass er eine Hündin schwängert. Nun war mein Schwiegervater aber so lieb gewesen und hatte Onno von der Kollegin abgeholt. Uns waren die Hände gebunden, denn wir waren auf dem Weg nach Italien. Das hieß also, mein Mann hatte auf dem Weg nach Schwäbisch Hall, wo ja eh schon das Kupplungsproblem uns auf die Stirn geschrieben war, parallel noch organisiert, dass Onno eine neue Unterkunft bekam.

Für mich ist in dem Moment erst einmal eine Welt zusammengebrochen.

Was für eine Katastrophe. Nils beruhigte mich schnell wieder, denn Onno hatte jetzt einen Platz bei seinem Vater gefunden und wir konnten nach Italien fahren. Als ob das noch nicht gereicht hätte, kam direkt noch eine weitere WhatsApp der Kollegin hinterher.

Sie habe einen Versicherungsschaden zu melden. Denn unser Hund habe ihr Laminat zerkratzt. Unser Hund hat bei uns zu Hause noch nie irgendetwas kaputt gemacht. Ich weiß nicht, wie Onno das geschafft haben sollte, Rillen in das Laminat zu kratzen. Aber es gab nun diesen Versicherungsschaden, um den wir uns auch noch würden kümmern müssen. Glücklicherweise sitzt mein Mann als Versicherungsberater an der Quelle, wodurch das schnell alles in die Wege geleitet werden und ich mich entspannen konnte.

Die Fahrt konnte also weitergehen. Es dauerte jedoch keine 100 Kilometer, als das Nächste auf uns zukam. Mein Mann schaute in den Rückspiegel uns sagte: „Schatz?“ Ich gechillt: „Was?“ Nils entgegnete nur: „Siehst du das, was ich sehe? Schau mal in den Rückspiegel.“ Ich blickte hinein und entgegnete: „Ich weiß nicht, was du meinst, ich sehe da nix.“ Nils half mir auf die Sprünge: „Schau dir mal die linke Seite und dann die rechte Seite vom Wohnwagen an.“ Ich sah also wieder in den Rückspiegel und schaute erst nach rechts, da war alles in Ordnung. Schaute danach nach links und dachte mir nur: „Hää?“ Da hatten wir die Seitenleiste verloren! Während der Fahrt musste uns also einfach so eine Leiste des Wohnwagens abhandengekommen sein.

Ich muss dazu sagen: Mein Mann ist sehr penibel, wenn es um seine Sachen geht. Er pflegt und hegt sein Eigentum und vor allem, wenn es berädert ist. Nun fehlte unserem Wohnwagen eine Leiste, was für die Optik eine totale Katastrophe war. In der Funktion des Wohnwagens hatte die fehlende Leiste keine Bedeutung, doch die Optik war natürlich dahin. Wie ich ebenso bin, sagte ich ihm: „Du, schlimmer geht immer. Es ist nur eine Leiste, die kann man nachbestellen. Lass uns einfach entspannen. Das ändert ja nichts an der Situation.“ Also weiter ging die Fahrt. Und wir kamen wirklich nach Italien, ob man es glauben mag oder nicht.

Denn während unser Bully in der Werkstatt war, hatten wir uns ja mit einem Leihwagen die Berge hoch kämpfen müssen. Die italienischen Alpen sind ja bekannt für ihre Berg- und Talfahrten und genau so einen Berg hatten wir uns hoch quälen müssen. Wir steuerten auf den Berg zu und wurden immer langsamer. Ich sagte noch ganz lässig zu Nils: „Fahr doch ein bisschen schneller, hier ist doch keine Schrittgeschwindigkeit." Mein Mann schaute mich nur an: „Schatz, das ist ein Schaltfahrzeug, wir fahren einen Berg hinauf und ich trete das Pedal durch. Es ist auf Anschlag."

Wir krochen wirklich mit 30 Kilometern pro Stunde den Berg hoch, weil das Leihauto nicht genug Stärke besaß, uns mit einer normalen Geschwindigkeit den Berg hinaufzubringen. Wir fuhren also die letzten Meter mit 30 Stundenkilometern und zwei Kindern im Auto, die gefühlt im Sekundentakt „Sind wir bald da?" fragten.

Ich hatte kurz überlegt, ob ich aussteige und schieben sollte.

Irgendwann kamen wir doch noch dort an und genossen den Abend direkt als Familie. Hand in Hand liefen wir über den Campingplatz. Es war zwar schon 23 Uhr, doch der Platz war noch immer belebt. Am Abend fand dort ein Fußballturnier statt, was für meinen Mann ein Highlight war. Also spazierten wir auch dort noch einmal vorbei. Wir haben uns in den Tagen danach schön eingelebt. Netter Platz, tolles Wetter, sensationelle Poolanlage. Also alles gut, möchte man meinen. Es war auch alles gut bis zu dem Tag, als mein Mann am Morgen Brötchen holen war.

Wir frühstückten also gemütlich und hatten geplant, danach mit den Kindern in die Stadt zu gehen. In der Nähe des Campingplatzes gab es einen kleinen Ort, der nette Cafés und andere Restaurants bot. Wir wollten also mit dem Auto dorthin fahren, nachdem wir alle geduscht, angezogen und fertig waren.

Wir standen also alle in den Startlöchern, wollten den Schlüssel nehmen und losfahren. Und dann sagt Nils: „Wo hast du denn den Schlüssel gelassen?“ „Welchen Schlüssel?“, sagte ich noch vollkommen verdutzt über seine Frage. „Na, den Schlüssel vom Wohnwagen, da wo auch der Autoschlüssel dran ist“, wiederholte sich Nils.

Ich erwiderte: „Na, den hattest du doch zum Schluss gehabt.“ „Ich hatte den nicht“, gab Nils als zurück. Das ist so richtig typisch Mann, oder meint ihr nicht? Sie behaupten immer, dass die Frauen schuld seien.

Nils sagte also noch einmal: „Nee, den hattest du doch!“ Erneut sagte ich ihm: „Ich hatte den heute Morgen doch gar nicht.“

Nils war aber der Meinung, ich hätte ihn irgendwo hingelegt. Doch ich schwor, dass ich ihn nicht gehabt hatte. Wir begannen also zu suchen, 5 Minuten, 10 Minuten, eine halbe Stunde, 45 Minuten, eine Stunde, und so langsam wurden die Mädels unruhig: „Mama, wann gehen wir los, wir wollten doch los“, ertönte es nur.

Ich schwöre euch, ich habe bestimmt 5 Mal meinen kompletten

Wohnwagen durchsucht. Alle Polster hoch, alle Bettdecken weg, alle Kuscheltiere beiseite. Ich habe sogar den Klodeckel aufgemacht, nur um zu schauen, ob er da reingefallen war. Doch der Schlüssel blieb verschollen. Er war weg, wie vom Erdboden verschluckt. Mein Mann schon völlig fertig mit den Nerven: „Wir können unseren Wohnwagen nicht abschließen, wir können nirgends mehr hinfahren."

Nils gab mir zu verstehen, dass wenn wir den Schlüssel nicht finden würden, wir den ADAC anrufen müssten. „Ja schön, die können uns das Auto aufmachen, aber nicht den Wohnwagen verschließen", sagte ich noch mit Nachdruck.

Wir waren fix und fertig. Mein Mann beschloss, die Strecke, welche er am Morgen gegangen war, noch einmal abzulaufen. Er eilte also vom Wohnwagen zum Bäcker über den Strand und auch zur Rezeption, um dort nach einem abgegebenen Schlüssel zu fragen. Aber der Schlüssel blieb verschollen. Wir haben alles abgesucht, unsere Nase steckte in jedem Schrank unter jedem Stuhl und ich schaute unter jeden Zettel. Der Schlüssel blieb weg.

Ich bat meinen Mann, doch noch einmal die Rezeption aufzusuchen und nachzufragen, ob nicht der Schlüssel in der Zeit den Weg zur Rezeption gefunden hätte. Dort hielt man ihm dann den Schlüssel entgegen: „Ist das dieser hier?"

Freudestrahlend kam er auf den Platz zurück, triumphierend den Schlüssel in der Hand. Zwei Kinder hatten den verschollenen Schlüssel an der Rezeption abgegeben. Was ein Glück! Seid dieser

Aktion haben wir immer einen Notfallschlüssel versteckt.

Nun war alles startklar und wir konnten nach über 4 Stunden Suchzeit und Verzweiflung endlich losfahren. Wenn du nun denkst, dass war‘s bereits, dann kennst du die Wehlingsons on Tour nicht. Nach der Schlüssel-Episode verlebten wir ruhige Tage am Pool und bei uns direkt auf dem Platz. Während wir unser Leben dort chillten, bemerkten wir, dass es leider nur wenige Deutsche auf dem Campingplatz gab. Ich fand das schon sehr schade. Nun haben meine Kinder damit nicht unbedingt ein Problem, sie verständigen sich mit Händen und Füßen und finden immer schnell Anschluss. Doch als Erwachsener willst du ja nicht zum Pantomimen übergehen.

Als ich am Pool lag und die Sonne genoss, hörte ich einige Liegen weiter eine Mutter nach ihrem Kind rufen. Der Junge hieß Kalle. Meine Ohren waren gespitzt. „Hast du das gehört, die hat ihr Kind Kalli gerufen“, sagte ich zu meinem Mann. „Die hat nicht Kalli gerufen, sondern Kalle“, erwiderte er ganz trocken. „Ja, aber Kalle ist typisch Deutsch. Achte doch mal darauf, ob die Deutsch sprechen“, gab ich nur zu verstehen.

Wir kamen mit der Familie ins Gespräch. Lustigerweise über die Namen der Kinder, denn falls du dich daran erinnerst, rufen wir meine eine Tochter immer Kalli. Ich erzählte der Frau also, dass ich vermutet hätte, sie habe Kalli gerufen und nicht Kalle. Während wir uns unterhielten, bemerkte ich, dass die Frau vor mir auch noch eine Tochter hatte namens Helene. So kamen wir also mit Helene, Kalle,

Cora und York ins Plaudern.

Sie erzählten uns, dass sie aus Hamburg kommen würden. Gemeinsam unterhielten wir uns lange am Pool, lachten viel und verbrachten auch die restlichen Tage zusammen. Es spielten sich zwischen uns Camper-Familien schnell Rituale ein. Beispielsweise ging immer einer von uns an die Bar und holte super leckeres Kaffee-Eis. Gut, das war kein richtiges Eis, sondern mehr so eine Art löffelbarer Schaum, der aussah wie ein Milchshake mit Kaffeegeschmack.

Cora, York, Nils und ich kamen irgendwann auf das Thema Bootfahren. Auf dem Gardasee darfst du auch ohne Bootsführerschein fahren, wenn du dich an die Geschwindigkeitsbegrenzung hältst. Heißt, wir konnten ein Boot mit 40 PS nutzen.

Man konnte dort also in einen Bootsverleih gehen, musste eine Kaution hinterlegen und danach ging direkt die Post ab. Man konnte das Boot den ganzen Tag nutzen und rechnete die Aufwendung pro Stunde ab. Die Kaution bekommst du natürlich wieder, wenn das Boot unbeschadet beim Verleih wieder ankommt.

Ich war von der Idee begeistert und schlug Nils vor, genau das mal ausprobieren zu wollen. „Ich habe doch aber keinen Bootsführerschein“, gab Nils zu bedenken, obwohl das Boot in seinem Geiste schon gebucht war. York bekam das jedoch mit und verkündete, er habe Erfahrung, besitze einen Bootsführerschein und sei mehrfach schon damit gefahren. „Ja cool, dann lasst uns das doch zusammen machen“, schoss es aus meinem Mund heraus.

Somit war also die nächste Aktion geplant und wartete nur auf Durchführung. Gesagt, getan, und schon am nächsten Tag schauten wir uns nach einem Bootsverleih um. Gebucht war schnell und so schlenderten wir kurze Zeit danach auf den Anleger zu, wo uns auch schon zwei Boote entgegenkamen: Chip und Chop. Was wir nicht bemerkten, war, dass die Männer für je ein Boot beim Verleih unterschrieben hatten. Somit hatten wir Chip und die anderen Chop.

Wir bekamen die beiden Boote zugewiesen, stiegen einfach ein und fuhren los. Es war super schönes Wetter. Die Kinder in Schwimmwesten eingepackt, mit Kamera bewaffnet und mit einem Lunchpaket in der Mitte ging es ab aufs Wasser. Aber nur so auf dem Gardasee rumtummeln, ist ja irgendwie auch langweilig.

Wir beschlossen also, etwas mehr Abenteuer einzubauen, und gaben auf dem See mal ordentlich Gas mit dem Boot. Unser Ziel: ein Fischerdorf, um etwas zu essen. Wir nahmen also Kurs auf Richtung Fischerstädtchen und steuerten den Hafen an, der sehr stark besucht und eng war. Schon von Weitem hat man gesehen, dass nur wenig Platz vorhanden zu sein schien. Die ausgewiesenen Bootsparkplätze waren voll bis auf zwei kleine, die nebeneinander lagen. Die wollten wir uns direkt sichern.

Ich muss dazu sagen: Mein Mann ist ein begnadeter Autofahrer und sehr von sich überzeugt, dass er wirklich alles fahren kann. Auto, Motorrad mit Anhänger mit Wohnwagen. Alles kein Problem! Bootfahren kann er jedoch nicht.

Das Gemeine war, die beiden Bootsparkplätze, die wir uns sichern wollten, lagen direkt an einem Eiscafé. Das hieß, die Menschen, die dort ihren Kaffee oder ihr Eis genossen, konnten uns direkt auf den Buckel schauen.

Ganz tolle Voraussetzungen, um ein Boot zu parken, wenn man noch nie eines eingeparkt hatte. Der Nervositätspegel stieg also an und die 150 Leute machten es nicht gerade besser.

Wir haben es dann irgendwann geschafft mithilfe von York, das Boot dort hinzubringen, wo es hin sollte. Ohne Hilfe würden wir wohl heute noch einparken, denn das Boot hat immer genau das gemacht, was es nicht machen sollte. Wer nun denkt, das war eine Aufregung, der muss sich jetzt hinsetzen. Als wir versuchten, unser Wasserfahrzeug anzulegen, rief mein Mann mir zu, ich solle das Seil nehmen, um das Boot festzumachen. Nach einem misslungenen Versuch wollte Nils das Anlegen mit York beenden und bat mich, das Seil hinzulegen. Gesagt, getan! Ich legte das Seil nieder und verließ das Boot. Nun musste aber das besagte Tau ins Wasser gerutscht sein und sich beim Anlegen um die Schiffsschraube gedreht haben.

Festgemacht und angekommen stiegen wir vom Boot. Auch das ist nicht ganz einfach. Man muss schon nah genug am Steg sein, damit man auch aussteigen kann. Wie wichtig das ist, richtig zu parken, merkten wir schnell. Natürlich bewegt sich das Boot weg vom Steg, wenn einer aussteigt. Der Sohn unserer Freunde machte deswegen fast Bekanntschaft mit dem Hafenbecken. Er verfehlte die Kante und rutschte ab. Im letzten Moment konnte ich den Jungen noch ergreifen und ihn vor dem Besuch im Wasser bewahren. Es flossen ein paar Krokodilstränen, aber es war alles gut.

Nach unserem Aufenthalt an Land sind wir wieder auf unser Boot und wollten weiterfahren. Erst da fiel meinem Mann auf, dass dieses eine Seil fehlte. Ja, wo war es hin? Wir wussten es nicht und wollten das Boot starten, als Nils bereits auffiel, dass etwas nicht stimmte. Das Seil hatte sich um die Schraube gewickelt. So, nun standen wir da und wussten nicht weiter. Nils überlegte, ins Hafenbecken zu springen und unter Wasser das Seil von der Schraube zu lösen.

Mit etwas Gefummel bekamen wir das Tau auch so wieder ab und fuhren zurück. Und Nils hatte keinen Tauchgang hinlegen müssen.

Auf der Fahrt beschloss er, dass er einen Bootsführerschein machen müsse. So etwas sollte ihm nie wieder passieren, so schlecht sei er noch nie gefahren. Der Stolz der Männer eben.

Am Bootsverleih angekommen gaben wir die Boote nach dem Tanken wieder ab. Dabei fiel meinem Mann auf, dass unser Boot vorne eine ganz schöne Schramme hatte, denn beim Anlegen waren wir leicht gegen den Anleger gestoßen. Kann ja mal passieren. Unser Glück war aber, dass die Herren bei der Abnahme nichts bemängelten. Erst da fiel uns auf, dass wir Chop genommen hatten, obwohl wir doch für Chip unterschrieben hatten. Wäre also eine Reparatur nötig gewesen, hätten York und Caro die Rechnung bekommen. Upssii.

Aber keine Angst, es kam keine Rechnung. Bei uns kündigten sich die letzten Tage des Urlaubs an. Diese genossen wir in vollen Zügen und feierten Poolpartys und Animationen.

Der letzte Tag brach an und wir mussten uns mit dem Gedanken anfreunden, nach Hause fahren zu müssen. Vorab schauten wir uns allerdings noch das letzte Unterhaltungsprogramm an: einen Musical-Ausschnitt aus „Der König der Löwen“ vom Animationsteam aufgeführt. Da bemerkte ich schon, dass es meiner Jüngsten nicht gut ging.

Sie klagte über Kopfschmerzen. Wir entschlossen uns, trotzdem zu der Vorführung zu gehen in der Hoffnung, die Kopfschmerzen würden verschwinden. Doch das war nicht der Fall, mein Kind wurde nur immer blasser und schlief auf meinem Schoß fast ein. Ich verließ also die Vorführung und lief zurück zum Campingwagen. Dort bemerkte ich bereits, dass sie Fieber bekam. Ich versorgte sie also mit einem Fiebermedikament und legte sie ins Bett. Malou schlief tief und fest. Problem an der Sache war, wir wollten in der Nacht nach Hause fahren. Wir hatten also keine Zeit mehr, denn unser Platz war direkt weitervermietet. Eine Verlängerung kam also nicht mehr infrage.

Somit mussten wir also losfahren. Geplant war es, dass wir im Europapark Rust eine Zwischenstation einlegten. Das war rund 6 Stunden von uns entfernt. Dort würden wir dann eine Nacht bleiben und weiterfahren.

Wir wollten also starten. Ich setzte meine Kinder in das Auto. „Mama, mir ist nicht gut", sagte Malou nur kränklich. Doch warten war keine Option, also gab ich meinem Kind noch einmal etwas gegen Kopfschmerzen und hoffte, es würde im Auto einschlafen.

Wir wollten nun den Wohnwagen anhängen. Mein Mann kurbelte das Stützrad hoch, als es plötzlich wie aus heiterem Himmel komplett abfiel, der Wohnwagen drohte, vorne überzukippen. Nils rief nur um Hilfe. Glücklicherweise hatten wir Holländer neben uns, die uns verstanden und zur Hilfe eilten. Die drei Männer hielten den Wohnwagen, mein Mann sprang ins Auto, fuhr rückwärts, sodass die Holländer den Wohnwagen direkt auf der Anhängerkupplung absetzen konnten. Abkoppeln und Abstellen des Wohnwagens waren damit nicht mehr möglich. Leider hatten wir oft genug die Erfahrung machen müssen, dass man in Freizeitparks den Wohnwagen abkoppeln und das Auto auf einem separaten Parkplatz abstellen musste. Das war nun aber nicht mehr möglich.

Wir mussten uns nun also überraschen lassen und einfach auf gut Glück in den Europapark fahren und hoffen, dass wir dort einen Parkplatz finden würden, wo wir mit dem Auto zusammen stehen konnten.

Wir saßen nun alle nach der Aufregung im Auto, wollten gerade losfahren, als ich von hinten nur ein sehr ekliges Geräusch hörte. Meine große Tochter bestätigte mir meine Vermutung: „Mammma, Malou hat gespuckt.“ Ich drehte mich also nach hinten und sah nur, wie meine kleine Tochter sich den kompletten Schoß und den Kinder- sowie den Beifahrersitz von hinten, wohlbemerkt von unserem Leihwagen, vollgespuckt hatte. Das ganze Auto hat sauer gerochen. Also: Kind wieder raus, Kind umgezogen und alles versucht, sauber zu machen. Und das mitten auf der Straße, sodass keiner mehr an uns vorbeikam. Nachdem ich alles notdürftig gereinigt hatte, setzte ich meine Kinder wieder ins Auto mit einer Decke und einem Eimer. Sicher ist sicher. Meine Kleinste hat noch einen Anti-Spuck-Saft bekommen und mein Anliegen war es nur, die nächste Tankstelle zu erreichen, um dort irgendeinen Polsterreiniger zu bekommen, damit dieser Gestank aus dem Auto verschwinden würde. Gerade losgefahren, sagte Nils: „Ach, das habe ich ja total vergessen.“ Ich schaute ihn an: „Was hast du vergessen?“

„Wir müssen ja noch tanken", gab er zu. Na ganz toll! Erst fällt uns das Stützrad ab, dann kotzt mein Kind das Auto voll und jetzt fällt meinem Mann ein, dass er tanken muss.

Normalerweise tanken wir immer einen Tag, bevor wir abreisen das Auto voll. Ja, somit waren wir also gezwungen, eine Tankstelle zu suchen, mit dem ganzen Gespann dort einzufahren und zu tanken. Da standen wir auch schon vor dem nächsten Problem. Tanken war kein Problem, aber wie bezahlt man denn, wenn es nur Kassensäulen auf Italienisch gibt und kein Mitarbeiter vorhanden ist? Es war nirgends zu entnehmen, wie man bezahlen konnte.

Wir hatten aber mal wieder Glück im Unglück. Es kam ein Deutscher auf die Tankstelle gefahren und erklärte uns das italienische Zahlungssystem. Während wir tankten, kotzte mein Kind erneut. Wenigstens hatte ich hier die Möglichkeit, den Eimer zu leeren und mit Wasser auszuspülen. Nun ging es aber endlich Richtung Europapark.

Malou schlief vor Erschöpfung, Kopfschmerzen und Fieber ein. Ich war natürlich total unruhig, weil ich mir Sorgen machte und überlegte, was sie nur haben könnte. Ich vermutete, es war ein Sonnenstich, obwohl wir immer brav unsere Sonnenhüte aufgehabt hatten.

Wir sind also irgendwann im Europapark angekommen. „Ich geh da nicht mit einem kranken Kind rein", protestierte ich. „Entspann dich mal wieder, wird schon alles gut werden", beruhigte Nils. Und wie es der Zufall so wollte, mein Kind wachte auf und war das blühende

Leben: „Juhu, wird sind im Europapark. Können wir Karussell fahren?“

Ich kontrollierte also die Temperatur, doch das Fieber war weg. Wir verbrachten somit einen tollen Tag im Europapark. Dort gibt es für Camper einen wundervollen Parkplatz, den ich nur empfehlen kann. Der Stellplatz für Wohnwagen und Auto ist wie eine Westernstadt angelegt. Mit einem echten Holztor und Waschhäusern mit diesen typischen Schwenktüren wie in einem Saloon. So, wie man es eben aus dem Film kennt.

Direkt neben dem Campingplatz gab es eine Goldschürfmine für Kinder und eine Pferdekoppel. Also alles so typisch auf Western gemacht. Sensationell!

Wir hatten das Glück, uns noch direkt am Abend eine Westernshow anschauen zu können. Die Kinder fanden es wunderbar. Außerdem war dort noch ein XXL-Tipi zu finden, wo sich zudem ein Naturspielplatz befand.

Es gab also doch noch einen entspannten Ausklang des turbulenten Tages. Ich hatte ja schon einmal erzählt, dass mein Mann ein sehr guter Autofahrer ist. Er schafft auch längere Strecken ohne Probleme, wenn er seinen besten Kumpel Red Bull dabei hat. Egal, wie lange wir fahren, er braucht zwei Dosen für die Fahrt. Auf der Rückreise vom Europapark schliefen nicht nur die Kinder, sondern auch ich. Wir waren doch alle sehr geschafft von dem Tag zuvor. Als ich wach wurde, erzählte mir mein Mann, dass er neben unserem Auto immer

Vögel fliegen sehe.

Ich bat ihn, doch rechts ranzufahren und einfach mal eine Pause zu machen, um vielleicht mal zwei Stunden zu schlafen. Durch seine totale Übermüdung hatte mein Mann Halluzinationen bekommen. Somit musste ich ihn zu seinem Glück zwingen und beschloss, dass wir einen Rastplatz anfuhren. Dort haben wir noch einmal drei Stunden Pause gemacht und uns in die Kissen gekuschelt. Der Rest des Weges war vollkommen unkompliziert. So, das war unser Urlaub in Italien.

Stöpselklau auf dem Campingplatz

Es war ein Skandal auf dem Campingplatz gewesen. Unser Italienurlaub war nicht nur durch sensationelle Erlebnisse geprägt, sondern auch durch einen Skandal, der seinesgleichen suchte. Wer Neucamper ist, dem möchte ich kurz die Sitten im Spülhaus näherbringen. Wer nicht die Lust verspürt, seinen Abwasch im Campingwagen zu erledigen, kann die Spülhäuser auf dem Campingplatz nutzen. Dort vorzufinden sind meist mehrere Abwaschbecken, die natürlich alle mit einem Stöpsel ausgestattet sind. Zumindest wenn man von den „besseren" Campingplätzen ausgeht. Als erfahrener Camper gewöhnt man es sich an, eine Armee an Stöpseln bei sich zu haben. Natürlich haben wir auch mehrere dieser Ausführungen immer mit dabei. Man weiß nie, wann man diese braucht.

Auf einem deutschen Campinplatz ist der normale Ablauf wie folgt: Mit der Wanne, in der man sein dreckiges Geschirr transportiert, geht man zum Spülhaus, sucht sich ein freies Waschbecken, Stöpsel rein und Wasser marsch. Man wäscht sein dreckiges Geschirr ab, trocknet es und in dieser Zeit wische ich bereits die Wanne aus, um dort mein sauberes Geschirr wieder zu transportieren.

Wir haben meist die Erfahrung gemacht, dass auf den 5-Sterne-Plätzen meist Stöpsel vorhanden sind. Gehst du auf günstigere Plätze, kann es sein, dass der Stöpsel fehlt. Dafür bin ich nun auch schon ausgerüstet. Ich habe mir im Internet drei Stöpsel in unterschiedlichen Größen bestellt, die in Deutschland in die gängigen Waschbecken passen. Heißt, bevor wir das erste Mal abwaschen gehen, nehme ich immer meine zwei, drei Stöpsel mit. Weil du weißt nie, ob da welche vorhanden sind, und sind da keine, dann musst du deine Transportwanne auch gleichzeitig als Abwaschbecken verwenden. Und wenn du am Abwaschen bist, dann kannst du dein sauberes Geschirr nicht direkt in die Wanne stellen, weil die ja noch mit Dreckwasser voll ist. Und dann musst du dein sauberes Geschirr eben auf die Oberflächen stellen und ich bin halt echt pingelig, was das angeht. Weil die Leute die Waschbecken manchmal echt saumäßig hinterlassen und du dein sauberes Geschirr dann in diesen Rotz stellen musst. Das ist echt eklig.

So ist es in Deutschland. So, nun waren wir aber in Italien im Urlaub. Toller Urlaub, sensationeller Campingplatz. Auch hier muss man irgendwann mal abwaschen. Und das erste mal war schon ein Highlight. Normalweise waren Stöpsel an den Waschbecken vorhanden. Jedoch nicht an dem, wo ich mich befand, und alle anderen Becken waren besetzt. „Ja egal", dachte ich mir, dann müssen wir es eben wieder so umständlich machen und in unserer Wanne abwaschen. Dieses Phänomen hat sich aber gefühlt den ganzen Urlaub gezogen. Jedes Mal, wenn ich mich freute, ein freies Waschbecken ergattert zu haben, stand ich davor und wieder kein Stöpsel. „Das kann doch nicht sein.", sagte ich nicht nur einmal in diesem Urlaub.

Mir kam die Idee: Mensch, dachte ich mir, du hast doch Stöpsel mit. Also schleppte ich meine deutschen Abwaschstöpsel da hin. Aber

Italien hat keine Normgröße.

Also, ich weiß nicht, wat die da für eine Größe haben, meine haben nicht gepasst. Das Ärgernis zog sich und jedes Mal, wenn ich abwaschen war, landete ich wieder an einem Becken ohne Stöpsel. „Mann ey!"

Irgendwann sagte ich zu Nils: „Ohne Scheiß, wenn ich irgendwann mal ein Campingbuch schreibe, dann nenne ich dieses Stöpselklau." Es war echt ein Phänomen und wir haben uns teilweise schon eine Gaudi draus gemacht, denn wenn wir abwaschen gingen, landeten wir immer an dem Becken ohne diesen verdammten Stöpsel.

Und es ist kein Witz, ich hatte den ganzen Urlaub nicht einmal einen Stöpsel. Ich musste es also den ganzen Urlaub hinbekommen, ohne Stöpsel abzuwaschen, und es war wirklich umständlich. Not macht erfinderisch. Ich hatte zum Ende hin schon immer ein zweites Handtuch mitgeschleppt, damit ich mein sauberes Geschirr dort daraufstellen konnte, ohne es auf diese eingesauten Oberflächen abstellen zu müssen.

So ist das Leben, so ist das Camperleben. Solche Probleme hat man gelegentlich und muss sich dann nur zu helfen wissen

Kapitel 7: Was soll ich in einem Land, dessen Sprache ich nicht mag?

Was soll ich in einem Land, dessen Sprache ich nicht mag? Doch nun war es so weit, unsere Reise nach Frankreich stand an. Begeisterung sah bei mir etwas anders aus. Gut, ich muss zugeben, ich hatte ein Reiseziel, welches mich schon etwas optimistisch in die Ferne blicken ließ. Ich wollte schon immer nach Disneyland. Ihr schaut nun vielleicht etwas komisch, warum eine erwachsene Frau nach Disneyland zu Micky und Donald will. Ich kann euch verraten, warum. Meine Mutter war die meiste Zeit alleinerziehend gewesen, wodurch wir nicht die finanziellen Mittel hatten, um uns eine solche Reise zu ermöglichen. Meine Klassenkameraden hatten jedoch die Chance und immer wieder musste ich mir anhören, dass sie die Ferien nutzten, um eben genau an diesen Ort zu fahren. Nun hatte auch ich endlich die Chance dazu! Und ich hatte mir geschworen, meinen Kindern, sofern es mir möglich wäre, diesen Ort näherzubringen. Wir hatten das große Glück, uns genau diese Reise leisten zu können. Und so stand der Entschluss fest, die Wehlingsons reisen nach Frankreich. Natürlich standesgemäß mit dem Wohnwagen.

Alles spielte uns in die Karten, denn mein Mann wollte unbedingt in Frankreich am Wasser Urlaub machen. Passte doch perfekt. Also planten wir einen Campingurlaub in Frankreich.

Wie es bei uns üblich ist, wollten wir im Vorfeld wieder einen Zwischenstopp auf der langen Reise einlegen. Dieses Mal hatten wir uns jedoch keine Gedanken gemacht, wo dieser nun sein sollte, sondern wir fuhren einfach ins Blaue.

Unser Plan stand fest und wir setzten uns gemeinsam in unseren Bully und machten uns auf die Reise. Vor uns lagen 16 Stunden Fahrt, die nur mit zahlreichen Pausen zu überstehen war. Ihr könnt euch vorstellen, wie oft ich die Frage „Wann sind wir endlich da?“ mir anhören konnte. Natürlich startete unsere Abenteuerreise in der Nacht. Es ist einfach die beste Möglichkeit, um die ersten Stunden entspannt zu verbringen. Also brachte uns unser Bully von Deutschland in die Niederlande, von dort aus nach Belgien und dann nach Frankreich. Auf der Hälfte der Strecke steuerten wir einen Rastplatz an. Ich war der Meinung, mein Mann würde gleich im Stehen einschlafen, doch der war fit wie ein Turnschuh und fuhr wirklich die 16 Stunden durch. Verrückt, aber wahr!

So, nun standen wir vor einem Problem. Wir hatten unseren Campingplatz für einen bestimmten Zeitraum gebucht und damit gerechnet, eine Nacht Zwischenstopp einzulegen.

Der vermeintliche Halt war ja ausgefallen wegen eines zu fitten Mannes. Nun standen wir einen Tag zu früh auf dem Platz und erklärten unsere Situation. Glücklicherweise war alles bereits vorbereitet und unser Platz war frei. Glück im Unglück würde man das nennen.

Wir konnten also gemütlich auf den Platz fahren, unseren Stellplatz ansteuern, aufbauen und genießen. Wir hatten wirklich einen sensationellen Stellplatz bekommen, der bombastisch groß war. Das entschädigte die 16 Stunden Autofahrt.

Wir lebten uns die ersten Tage ein und genossen unseren Urlaub, doch dann kam auch schon das erste Problem auf uns zugerollt. Meine Kinder kamen zu mir und berichteten, dass es auf dem Platz keine deutschen Kinder gebe. Normalerweise verständigen sich Kinder mit Händen und Füßen und verstehen sich auch, wenn sie nicht dieselbe Sprache sprechen. Das war dort nun nicht der Fall. Auf dem Spielplatz spielten die Kinder zwar miteinander, aber irgendwie auch nicht.

Wir waren auf dem Platz eine bunt gemischte Truppe. Neben uns als Deutsche waren viele Niederländer, Engländer und natürlich Franzosen da. Eigentlich sind meine Kinder sehr offen und finden immer Anschluss. Auf dieser Reise war es nicht so und so war ich als Mama immer gefragt. Ich rutschte also wie eine Wilde die Kinderrutschen herunter und sprang mit meinen Mädels in den Pool.

Nach der Hälfte des Urlaubes kam eine weitere Familie auf den Platz. Einige Stellplätze neben uns baute sie auf. Harmke mit Tochter Lizzy und Ehemann sprachen kaum Deutsch, jedoch konnten wir uns auf Englisch ein wenig unterhalten. Die Familie hatte eine Tochter, die im gleichen Alter war wie unsere Große und so hatten wir Anschluss. Die Kinder konnten sich ein bisschen auf Deutsch und ein wenig auf Englisch unterhalten. Das hat super geklappt. Gemeinsam haben wir einige Unternehmungen machen können.

Wir waren beispielsweise im Kletterpark, wo es ein Baumwipfel-Trampolin und Zip-Lining und einen Kletterparcours gab. Eine aufregende Erfahrung. Während die Kinder in voller Sicherheitsmontur weiter unten ihren Parcours hatten, durften wir

Erwachsenen mit einer Zip-Line von Baum zu Baum rutschen. Du bekommst also ein Sicherheitsgeschirr an, mit dem du dich in den Leinen, die zwischen den Bäumen gespannt wurden, einhängst. Und dann heißt es, allen Mut zusammennehmen und los geht es.

Ich muss dir aber noch ein kleines Geheimnis verraten: Ich habe eigentlich Höhenangst und mich trotzdem auf dieses Abenteuer eingelassen. Ich kann es nur empfehlen, aus seiner Komfortzone zu treten. Es war ein riesen Spaß.

Wir erlebten mit Harmke und ihrer Bande, die dort unsere Freunde wurden, eine ganze Menge an Spiel, Spaß und Spannung. An einen Spaß erinnere ich mich besonders. Wir spielten gemeinsam Frisbee, ein Spiel, in dem ich grottenschlecht bin. Ich bin mir sicher, sie haben mich nur mitspielen lassen, weil sie alle was zu lachen haben wollten.

Es dauerte nicht lange und drei Erwachsene lagen vor Gegacker auf dem Boden, denn immer, wenn ich die Frisbee-Scheibe hatte, landete sie nicht da, wo sie hinsollte. Ich warf nach rechts und das Teil flog nach links. Irgendwann gab ich auf.

Was in Frankreich auch etwas schwierig war: Wenn du dich am Pool aufhalten wolltest, dann hieß es, früh raus aus den Federn. Das war fast ein Kampf, nur um eine Liege zu bekommen. Vielleicht kennst du diese Zeitungsausschnitte oder die Berichte im TV, wenn man Camper oder Urlauber sieht, wie sie früh um sechs Uhr aus dem Bett springen, an den Pool flitzen, warten, bis der Poolboy die Tür aufmacht, zu den Liegen rennen, nur um dort ihr Handtuch zu platzieren. So war es dort leider auch. Für mich ein Unding, denn ich finde, es gehört sich nicht, eine Liege zu reservieren, wenn man doch gar nicht da ist. Wer wirklich am Morgen aufsteht, an den Pool geht und dort seine Zeit verbringt, hat sich seine Liege verdient. Alle anderen jedoch sollten sich dann ihren Platz suchen, wenn sie auch am Pool sind.

Mein Mann ließ es sich nicht nehmen und machte mit. Wenigstens einmal wollte auch er eine Liege haben. Wir hatten immer das Glück gehabt, keine zu bekommen, weil wir zu den normalen Zeiten an den Pool gingen. Also sind auch wir einmal früh aufgestanden und haben unser Frühstück einfach am Pool eingenommen. Irgendwie doof, aber gut, kann man schon mal machen.

Und weil wir hier gerade über Frühstück sprechen: Das Land ist für seine Baguettes und Croissants bekannt. Ganz ehrlich, das war schlimm. Ich gehöre zu der Fraktion, ich möchte am Frühstückstisch ein normales Brötchen. So, und nun war ich in meiner Frühstückshölle angekommen, denn auf dem Campingplatz, wo wir waren, gab es einfach keine Brötchen. Es gab dort Croissants und Baguette. Nun stehst du da 14 Tage auf dem Platz und bekommst jeden Morgen Croissants und Baguettes. Glaube mir, du holst dir in Deutschland kein Croissant mehr. Normalerweise für mich immer ein Highlight. Heute kann ich darauf verzichten.

Aber nicht nur das Thema Brot und Brötchen gestaltete sich schwierig, sondern auch der Belag für das Croissant oder Baguette. Anderes Land, andere Sitten, sage ich nur. Wir bekamen also nur französische Spezialitäten. Da wir aber keine Franzosen sind, konnten wir nur raten, was enthalten war. Und so passierte es immer wieder, dass wir da was auf dem Tisch hatten, was keiner von uns anrühren wollte. Da wir aber nicht verschwenderisch sind, haben wir nette Nachbarn auf dem Platz gehabt, die uns diese Spezialitäten abnahmen. Ich kann mich noch an einen Käse erinnern, der eine unglaublich eigenartige Konsistenz hatte, vom Geschmack ganz zu schweigen. Für mich und Nils nicht definierbar, was das war. Ich hatte versucht, über Google herauszufinden, was in dem Käse enthalten war. Doch irgendwann gab ich es auf, weil eklig ist eklig.

Im Großen und Ganzen war das Essen jedoch lecker.. Eigentlich hatten wir einen Platz mit direktem Meerzugang gebucht. Jedoch war das Stückchen nicht sonderlich schön. Uns war immer wieder davon abgeraten worden, also ließen wir es bleiben, uns das Stückchen selbst anzuschauen.

Also suchten wir die Karten ab, wo wir einen schönen Strand finden konnten. Einen entdeckten wir relativ in der Nähe. Rund 20 Minuten mit dem Auto entfernt. Also packten wir unser Hab und Gut ein und machten uns auf den Weg. Wir waren voll beladen mit Strandmuschel, Handtüchern, Spielzeug und allem Drum und Dran.

Wir schlugen also am Strand unsere Zelte auf, machten uns es gemütlich und die Kinder flitzten zum Wasser. Sie kamen jedoch schnell wieder zurück: „Mama, Mama, hier sind sich bewegende Muscheln“, verkündeten sie mir. Was waren sich bewegende Muscheln?

Ich machte mich also auf und ging mit runter an den Strand. Sich bewegende Muscheln konnte man sich ja nicht entgehen lassen. Am Strand weiter unten waren enorm viele Muscheln, also weit mehr, als wir es gewohnt sind. Und die sich bewegenden Muscheln waren Schneckenhäuschen mit Einsiedlerkrebsen. Meine Kinder waren total von den Socken, denn sie vermuteten, dass in dem Häuschen noch Schnecken wohnten, die einfach nur viel zu schnell für Schnecken waren. Ich fing also eine vermeintliche Schnecke und zeigte meinen Mädels, dass in den Häuschen keine Schnecke mehr lebte. Meine Mädels waren vollkommen perplex, also legte ich eine Muschel auf die Hand und wir warteten, bis sich der Krebs mit seinen kleinen Scherenhänden zeigte. Ein wildes Geschrei ging los: „Ahhh, was ist das denn?“

Der Badespaß war kurze Zeit später vorbei, denn das Wasser war voll mit diesen „rennenden Schnecken“. Meine Kinder verloren die Scheu jedoch schnell, als sie merkten, dass die Krebse für sie keine Gefahr waren. Wir sammelten also danach keine Muscheln, sondern in einem Eimer mit Wasser Krebse. Keine Angst, die Krebse wurden wieder in die Natur entlassen. Nicht das einzige Abenteuer am Strand. Vielleicht erinnerst du dich, wir hatten am Anfang unseres Strandbesuches unsere Strandmuschel aufgebaut. Als sich der Tag dem Ende neigte, begannen wir also, unser Zeug zusammenzusuchen. Mit einem Problem: die Strandmuschel. „Wie wurde die noch mal zusammengefaltet?“ Stell dir vor, zwei erwachsene Menschen stehen mit einer Strandmuschel am Strand und versuchen, diese in komischen Verrenkungen zusammenzudrücken. Und das blöde Ding springt immer wieder auf. Wären wir dabei noch auf den Hintern gefallen, hätte es ein Sketch werden können.

Wir haben diese Muschel auf Biegen und Brechen nicht wieder zusammengelegt bekommen. Zwei erwachsene Menschen, die eine Strandmuschel nicht wieder zusammenbekommen. Wir haben uns also so richtig zum Affen gemacht, bis wir sie zusammengeknuddelt und schnell in unseren Anhänger geworfen haben. Auf dem Platz angekommen, mussten wir uns mehrfach ein Video anschauen, um diese Muschel wieder zusammenfalten zu können. Es wird nicht das letzte Mal gewesen sein, dass wir verzweifelt versuchen, die Muschel zusammenzuklappen.

Der eine Tag Strandbesuch hatte sich gelohnt, wir konnten viele Muscheln sammeln und hatten unseren Spaß. Dieser eine Tag war mehr wert als vermutlich eine Woche Strandbesuch bei uns am Platz.

Die restlichen Tage verbrachten wir am Pool. Dort fiel mir etwas auf, was etwas ärgerlich war. Wir hatten eine tolle Animation, wenn man sie verstanden hätte. Diese war leider nicht auf Deutsch. Sie fand hauptsächlich auf Englisch und Französisch statt. Das hat uns natürlich nicht so viel gebracht. Wir begnügten uns nur als Zuschauer und hatten unseren Spaß.

Wir verbrachten nun unsere Tage nicht nur auf dem Platz, sondern schauten uns in der Innenstadt um und erkundeten die vielen Eisdielen. Dort konnte man wirklich lecker Eis schlemmen. Unter uns, Frankreich ist ein teures Pflaster. Mit Abstand ist Frankreich das teuerste Land, wo wir bisher waren.

Nach 2,5 Wochen Urlaub war nun der Tag gekommen, an dem wir unsere sieben Sachen packen mussten und die Rückreise antreten durften. Mit einem lachenden und einem weinenden Auge natürlich. Doch wir hatten ja noch etwas Großes vor. Wir wollten uns Paris anschauen und das Thema Disneyland stand auch noch auf dem Plan.

Die Fahrt absolvierten wir dieses Mal am Tage, es waren vielleicht 5 Stunden bis nach Paris. Dort hatten wir uns einen Campingplatz ergattern können, der direkt in Paris war, nicht weit weg vom Eiffelturm.

Wir wussten aus Erfahrungsberichten, dass es nicht möglich war, einen Parkplatz in der Nähe des Eiffelturms zu finden, weshalb uns der Platz entgegenkam. Wir fuhren also mit Navi zum Campingplatz und drehten uns immer wieder im Kreis. Wir fanden den Platz einfach nicht. Also bat ich meinen Mann, einfach stehen zu bleiben, Warnblinker an. Uns kam ein Pizzafahrer auf dem Roller entgegen, den ich einfach fragen wollte.

Ich sprang also aus dem Auto, die Fahrer hinter uns am Hupen, denn wir blockierten mal eben eine Spur auf einer zweispurigen Fahrbahn. Fix den Pizzamann angehalten, dem auf Englisch versucht, alles zu erklären. Er verstand mich sogar und zeigte mir den Weg.

Wir haben dann auch dank seiner Navigation den Platz gefunden. Bogen ab, weil wir dachten, die Einfahrt gefunden zu haben, und standen vor einer Schranke mit einer Durchfahrtsbeschränkung von 1,80 Meter. Ja toll, unser Wohnwagen hat eine Höhe von 2,20 Meter. So, da standen wir nun, konnten nicht vor und nicht zurück. Denn hinter uns war eine dreispurige Straße – voll befahren. „Du musst jetzt rausgehen“, sagte Nils nur zu mir. Ich schaute ihn etwas verdattert an: „Wie, ich muss raus?“

„Na, du musst jetzt raus, damit ich auf die Straße fahren kann. Ich kann ja schlecht rausgehen und dich fahren lassen.“ Er hatte recht, denn ich durfte das Gespann nicht fahren.

Also musste ich auf die voll befahrene Straße und durfte Winkemännchen spielen. Wie ein Lotse stand ich da und habe die ganze Straße abgeriegelt, damit mein Mann zurückfahren konnte. Die Aufregung war groß, alle am Hupen und am Aufregen. Gut, dass man die Sprache nicht versteht.

Ich glaube fast, die Franzosen mögen die Deutschen nicht wirklich. Das habe ich nicht nur in dieser Situation gespürt, sondern im ganzen Urlaub zeigten sich diese kleinen Sticheleien. Interessant war beispielsweise, wenn ich in einen Laden kam und Englisch sprach, habe ich alles bekommen, was ich wollte. Wurde bemerkt, dass ich

Deutsche bin, dann wurde ich ignoriert. Kann nur ein Gefühl gewesen sein, aber es war sehr schade.

Nun aber zurück zu unserer Rückfahrgeschichte: Wir sind irgendwann heile aus der Situation herausgekommen. So, nun zeigte das Navi aber immer noch, dass der Platz genau da sei. Nils beschloss also, um diesen Platz zu fahren, es musste ja noch einen anderen Eingang geben. Und tatsächlich, den gab es, und zwar genau auf der anderen Seite. Also sind wir noch einmal durch ganz Paris gefahren, um dort hinzukommen.

Nachdem wir dann endlich den Platz gefunden hatten, sind wir auf ihn gefahren und wurden freundlich empfangen. Da wir nur eine Nacht bleiben wollten, störte uns auch der kleinere Stellplatz nicht. Im Waschhaus machten wir uns frisch und liefen über das Gelände, wobei wir feststellten, dass es sich dabei vermutlich um einen Campingplatz für Monteure und Leiharbeiter handelte. Also Luxus war nicht vorhanden. Meine Kinder waren schon etwas bessere Plätze gewöhnt und ekelten sich, als sie von der Toilette kamen. Aber gut, es war nur für eine Nacht.

Wir trafen auf dem Platz dann auch wirklich Personal, also Reinigungskräfte, die vor unseren Augen mit einem Lappen jede Toilette reinigten und danach mit selbigem über das Waschbecken wischten. Das war der Moment, als wir uns entschlossen, im Wohnwagen die Toilette zu benutzen. Wir also aus dem Waschhaus raus. Die Putzfee kam nach uns hinaus und setzte dem Ganzen noch die Krone auf. Mit dem Lappen, mit dem sie erst die Toiletten geputzt und dann die Waschbecken ausgewischt hatte, reinigte sie die Abwaschbecken für das Geschirr, nachdem sie den Rotz aus der Nase dort reingespuckt hatte.

Sehr lecker, gut, dass ich kein Herpes bekomme, sonst wäre ich wahrscheinlich mit Bläschen binnen Sekunden übersät gewesen. Nachdem wir uns dann frisch gemacht hatten und kurz ausgeruht haben, waren wir nun voller Tatendrang und wollten uns an der Rezeption erkundigen, wie man Richtung Eiffelturm kam.

Dort bekamen wir eine sehr gute Erklärung. Der nette Mann sagte uns, wie wir mit Bahn und U-Bahn zum Eiffelturm kommen würden. Die Fahrt würde 1 bis 2 Stunden in Anspruch nehmen.

Also packte ich alles ein, was wir so brauchten, kaufte uns Tickets und auf ging es. Wir stiegen in die Bahn und dann entsprechend bei der Bahnstation aus, die für uns richtig war. Das war jedoch schwerer als gedacht, denn die französische Sprache hört sich anders an, als sie geschrieben wird. Also lauschten wir immer den Durchsagen und ich suchte dann auf unserem Zettel die entsprechenden Daten.

Und wieder Glück im Unglück, irgendwann bemerkten wir die Schilder außerhalb der Bahn, die auch auf Deutsch waren. Wir stiegen also aus und in die U-Bahn ein. Für meine Kinder war das ein absolutes Abenteuer. Irgendwann kam eine Durchsage in der U-Bahn, die ebenfalls auf Deutsch übersetzt wurde:

„Aus technischen Gründen würden wir die Fahrgäste bitten, an der nächsten Station auszusteigen. Es werden Ihnen Ersatzbusse zur Verfügung gestellt, welche Sie Richtung Eiffelturm bringen."

So, ja, dann sind wir irgendwo im Nirgendwo ausgestiegen und standen nun da. Wir waren planlos und sind einfach dem Strom gefolgt. Irgendwann standen wir nahe des Eiffelturms. Wir mussten aber noch ein Stück gehen. Meine Kinder schon unterwegs: „Wir haben aber voll Hunger."

Also steuerten wir einen Imbiss an. Der Stand hatte Sandwiches mit Käse und Wurst. Perfekt für meine hungrigen Mäuler, denn wie Kinder so sind, Toast trocken, Nudeln trocken und bloß kein Gemüse oder Obst. Hauptsache ungesund.

Wir suchten uns also ein Sandwich aus, also so ein kleines dreieckiges Stück und eine 0,5-Liter-Wasserflasche. Da sagt der Verkäufer doch zu uns: 13,80 Euro. Ich habe meinen Mann angeschaut und nur verdutzt gefragt: „Ist da Blattgold auf dem Sandwich?" Nö, es war ein ganz normales Toast.

Mein Mann haute nur noch seinen Standardspruch aus diesem Urlaub heraus: „Lass die Karte glühn." War ja eh schon der teuerste Urlaub. Irgendwann waren wir nun endlich am Eiffelturm. Um den ganzen Turm standen unglaublich viele Wachleute, also so viele Wachleute habe ich noch auf keinem Haufen gesehen. Aber ich muss zugeben, sie waren alle gut gekleidet und sehr freundlich. Bevor wir jedoch dem Eiffelturm näher kommen durften, mussten wir durch Glastüren, die dort überall waren, uns abtasten lassen und durch einen Metalldetektor. Rucksäcke und alles wurden geprüft und durch so ein Röntgengerät gejagt. Nachdem wir auch das erledigt hatten, kamen wir endlich auf dem Platz unterhalb des Eiffelturms an. Ich blickte nur auf riesen Menschenschlangen. „Wofür stehen die hier alle an?“, fragte ich noch überrascht. Bis ich mitbekam, dass die alle für den Eiffelturm anstanden. Und dann waren da so Schilder, worauf die Wartezeiten notiert waren: ab hier 1 Stunde Wartezeit, ab hier 2 Stunden Wartezeit.

Wir standen also dort und das Schild gab uns zu verstehen, ab hier 2,5 Stunden Wartezeit. Meine Kinder fragten direkt ungeduldig: “Wie lange müssen wir jetzt warten?“ Ich antwortete nur: „Wenn wir uns den Eiffelturm anschauen wollen, weil so schnell kommen wir nicht mehr nach Paris, dann müssen wir jetzt hier stehen und 2,5 Stunden warten.“

Meine Kinder waren dermaßen gelangweilt und spielten „Ich sehe was, was du nicht siehst“ und viele andere Spiele. Es ging dann aber doch schneller als gedacht. Nun kam die Frage auf uns zu: Wo wollten wir hin? Der Turm hatte zwei Etagen, je höher man wollte, desto teurer wurde es. Und man konnte sich aussuchen, ob man 45 Minuten Treppen steigen mochte oder doch die bequemere Variante mit dem Fahrstuhl nutzte. Der kostete aber auch extra und kam mit 5 Euro hinzu. Wir entschlossen uns für die höhere Etage und nahmen auch den Fahrstuhl. „Zieh die Karte durch!“, war auch da unser Motto. Am Ende lagen wir bei rund 80 Euro, nur um auf den Eiffelturm zu kommen.

Als wir oben waren, genossen wir den Ausblick. Das war schon cool. Es lohnt sich durchaus, wann kann man schon mal den Eiffelturm sehen und sogar hinauf? Der Ausblick war geil, das Theater um uns herum auch. Denn der Eiffelturm wird nicht nur von Touristen besucht, sondern auch von Influencern. In ihren kurzen Kleidchen und mit 3 Tonnen Schminke auf dem Gesicht posen sie, was das Zeug hält. Und meine Kinder ganz trocken: „Mama, was machen die da?" „Die posen da." „Mama, was ist posen?" „Ähm, posen ist, wenn man sich hinstellt und versucht, schön auszusehen."

„Ja aber Mama, das sieht total bescheuert aus, was die da machen." „Ja, mein Kind, ich weiß. Aber die finden das schön."

Ich muss jedoch zugeben, es war wirklich witzig, sich das anzuschauen. Aber nicht nur die Influencer machten sich zum Horst, sondern auch diverse Familien, nur um ein schönes Familienbild hinzubekommen. Die Kinder am Heulen, der Vater am Meckern und die Mutter am Lächeln. „Lächeln für Oma und Opa."

Find ich furchtbar, wenn die Kinder keinen Bock haben, dann haben sie kein Bock. Also, es war wirklich herrlich. Bei uns sind es tatsächlich nette Bilder geworden, aber die sind aus der Situation heraus entstanden.

Irgendwann sind wir dann runter von dem Turm und schauten auf die Uhr. Holla, es war schon fast 21 Uhr und wir wollten am nächsten Morgen um 8 Uhr in Disneyland sein. „Das funktioniert so nicht", meinte Nils, „wenn wir jetzt noch 2 Stunden bis zum Platz brauchen, dann sind wir Mitternacht im Bett, da stehen wir am nächsten Morgen nicht auf. Wir nehmen uns ein Taxi. Frei nach dem Motto: in einem Taxi nach Paris!" Finde mal ein Taxi in Paris. Gesehen haben wir genug, doch es sind nicht alle gefahren. Also von den 20 Taxen, die da standen, bekommt man eventuell eines.

Wir haben aber wirklich ein Taxi bekommen und kaum eingestiegen lief auch schon das Taxameter. Der Fahrer begann, mit seinem Navi zu sprechen in einer Sprache, die mir fremd war. CAMPING PARIS ESTE ... CAMPING PARIS ESTE ...

Das Navi hat es nicht gefunden und das Taxameter lief. Also ein neuer Versuch, wieder nix. Der hat das gefühlt 10 Mal gesagt. Das

Taxameter lief und lief und wir waren noch nicht 1 Millimeter gefahren. Mein Mann zückte genervt sein Handy, startete sein Navi und gab dem Fahrer zu verstehen, dass er nach seinem Handy zu fahren habe. Er fuhr also wirklich los und mein Mann spielte Lotse mit seinem Handy. Nach 30 Minuten waren wir angekommen. Die Fahrt war schweineteuer, aber wir waren da und alle völlig erledigt.

Für uns ging die wilde Fahrt weiter, denn der nächste Stopp stand an, und unsere Reise führte uns nach Disneyland. Dort wollten wir pünktlich um 9 Uhr angekommen sein. Wir gaben also die Route ins Navi ein und fuhren einfach los. Irgendwann waren wir wieder mitten in der Innenstadt von Paris und unser Navi wies uns darauf hin, dass wir unseren Bestimmungsort erreicht hätten. Wir standen mitten in Paris vor einem Verwaltungsgebäude. Dort sollte also Disneyland sein. Sehr interessant.

Da hatten wir in dem ganzen Stress versehentlich nur die Adresse herausgesucht, wo die Post ankam, die an Disneyland adressiert war – Postadresse. So und dort standen wir nun, vor dem Verwaltungsgebäude.

Wir hatten da also schon einmal eine halbe Stunde Fahrzeit verloren. Gott sei Dank nur eine halbe Stunde. Also neue Route eingegeben und erneut auf ins Abenteuer. Wir fuhren und fuhren und kurz vor dem Ziel sagte mein Mann: „Wir wollen aber nicht zum Haupteingang von Disneyland, denn dort sollen wohl keine Wohnwagen erlaubt sein. Das heißt, wir müssen erst in das Resort, dort den Wohnwagen abstellen und können dann ins Disneyland.“ Wir sind also weitergefahren und haben einfach das Schild für das Resort nicht gesehen. Wir sind mit unserem Wohnwagen wieder herumgeirrt und auf den gefühlt 20 Spuren, die Disneyland als Eingang hat, herumgefahren. Disneyland hat Tausende Straßen und überall siehst du Schilder, wo Autos zugelassen sind und auch Wohnmobile, aber eben keine Autos mit Wohnwagen. Irgendwann haben wir uns an die Seite gestellt und sind zu Fuß über die 20 Spuren Fahrbahn gelaufen, nur um zu einem dieser Parkwächter zu gelangen. Dort konnten wir endlich nach dem Weg fragen. Die haben uns dann vermittelt, dass wir umdrehen müssten und zurück zu der Straße, die parallel zur Autobahn verlief. Dort war das Resort, zu dem wir wollten. Wir drehten also mit unserem Gespann um und sind wieder auf die Autobahn raus und zu der Straße gekommen, die uns genannt worden war. Aber auch da haben wir kein Resort gefunden, also wieder zurück zum Haupteingang und erneut die Frage nach dem Weg gestellt. Die Dame schickte uns woanders hin. Irgendwann sind wir auf eine Raststätte gekommen, die uns wieder woanders hinschickte. Das ganze Spiel hat uns mehrere Stunden gekostet. Mein Mann und ich vollkommen fertig mit den Nerven und die Kinder am Drängeln. „Mama, wann sind wir da. Mama, wir sind doch schon da, warum gehen wir nicht rein?“

Wir waren am Ende so verzweifelt, dass uns echt die Tränen kamen, weil wir einfach nicht wussten, wo wir hin mussten. Also versuchten wir es ein letztes Mal bei der Hotline, bei der wir damals Disneyland gebucht hatten. Die in der Hotline sprachen perfekt Deutsch. Das war unsere Chance. Mein Mann erklärte, wo wir waren, und beschrieb, wo wir hin mussten. Er bat also verzweifelt um Hilfe. Sie beschrieb uns den Weg und irgendwann sind wir wirklich zu dem Resort gekommen. Dabei fiel uns auf, dass das Schild, welches zum Resort führen sollte, mit Tüten abgeklebt war. Das heißt, wir waren vermutlich mehrere Male an diesem Schild vorbeigefahren. Das Ende vom Lied: Wir haben kurz vor 11 Uhr im Resort eingecheckt und konnten unseren Wohnwagen dort abstellen. Danach bekamen wir unseren Schlüssel für das kleine Häuschen und dort konnten wir uns fertig machen, um endlich das Abenteuer Disneyland zu erleben.

Nachdem wir alles zusammengepackt hatten, ging es in den Bully und dann auf ins Disneyland. Endlich! Wir gingen direkt durch das Eingangstor und die Kinder waren happy. Und das Tolle ist ja, wenn man auf das Gelände zugeht, sieht man direkt das Disney-Schloss, was man sonst immer in den Filmen sehen kann. Meine Mädels waren total geflasht.

Als wir dort ankamen, mussten wir uns erst einmal einen Plan machen. Denn der Park besteht aus zwei Bereichen, einmal dem Disney-Park und einmal dem Pixar-Park, denn Disney hat Pixar aufgekauft.

Wir hatten damals für beide Parkanlagen die Eintritte gebucht und konnten überall unser Vergnügen haben. Der eine oder andere von uns ist auch über seine Ängste hinausgewachsen.

Meine kleine Tochter heißt ja nicht Schreck und ist immer voller Mut. Das Gute war, meine Kinder konnten im Grunde überall mitfahren, da sie beide über einen Meter Körpergröße hatten. Es gab bei vielen Fahrgeschäften Mindestgrößen und die lagen bei 1 Meter. Mein Mann hat die Kleinste aber auch in Fahrgeschäfte mitgenommen, bei denen man nicht wusste, was dort passiert. Aber meine Malou ist ja nicht zimperlich. Meine Große ist da vollkommen anders. Sie ging direkt am Anfang mit in ein Karussell, was nicht spektakulär aussah, kam raus und war fix und alle. In der Attraktion waren Blitze, Loopings und so weiter gewesen. Das war nix für die Große und so war das Fahren mit den Geschäften erst einmal gelaufen. Aber so dramatisch war das nicht, denn man konnte ganz viele andere Sachen mitmachen.

Es gab unzählige Gruselbahnen und Restaurants. Was mir leider fehlte, waren die Disneywelt, die Märchen und das Heimelige, was die Filme ja so vermitteln. Das war leider gar nicht vorhanden. Es lief zwar die Musik, die typisch für Disney ist, aber die wurde von der Lautstärke der Menschen übertönt. All das Märchenhafte, was ich als Kind so toll fand, war überhaupt nicht da.

Vielleicht haben meine Kinder es anders empfunden, doch für mich als Erwachsener fehlte etwas. Für mich war es das Schönste, die

Augen meiner Kinder strahlen zu sehen. Wir wollten bis spät am Abend bleiben, denn dann gab es das Highlight: Das Feuerwerk am Disneyschloss mit einer Projektion der Disneyfilme. Zusätzlich sollte es die Soundtracks der Filme geben und natürlich die Lichtershow, welche die Wasserfontänen anleuchtete.

Meine Kinder waren zwar fix und fertig, aber wir zogen es durch, denn noch mal würden wir es uns nicht anschauen können. Krass war wirklich, dass sich Leute schon 5 Stunden im Vorfeld die Plätze sicherten, um einen guten Blick zu haben. Du durftest dich nicht auf Erhöhungen setzen und nicht direkt vor das Schloss. Und du musstest natürlich in der Nähe des Schlosses sein, um auch etwas sehen zu können. Wir haben uns nicht ganz so zeitig hingesetzt, sondern eine Stunde vor Beginn. Wir hatten aber auch einen netten Platz. Leider waren meine Kinder doch sehr klein, deswegen nahmen wir beide auf unsere Schultern. Nun ging das Feuerwerk aber nicht nur 10 Minuten, sondern locker 30. Als die Filme angespielt und auf das Schloss projiziert wurden, war ich so emotional berührt, weil ich dankbar für diese Situation war, für dieses Erlebnis. Ich war so ergriffen, mit meiner Familie dort stehen zu können, um meinen Kindern das zu zeigen, was ich selbst als Kind unbedingt hatte sehen wollen.

Ich bin eigentlich nicht so der emotionale Mensch, doch als dann auch noch Elton John‘s „Can you feel the Love tonight“ gespielt wurde, hab ich geheult wie ein Schlosshund. Meine Tochter wusste gar nicht, was los war, und fragte mich, ob alles in Ordnung sei. „Das sind Tränen der Freude“, antwortete ich nur. Ja ich konnte die Liebe in dieser

Nacht fühlen. Aber sowas von!

Ich werde diesen Moment nie vergessen. Was ich allerdings auch nicht vergessen werde, sind die Rückenschmerzen am nächsten Tag. Wir wachten am nächsten Morgen mit Rückenschmerzen durch das lange Stehen und Tragen der Kinder auf den Schultern auf. Was ein Wunder! Mit einer Schmerztablette war der Kummer aber schnell verflogen.

Danach starteten wir in das Abenteuer Pixar-Park. Bevor es aber soweit war, wollten wir uns in unserem Resort Frühstück besorgen. Und da ging das Suchen auch schon weiter. Wir fragten also eine Dame, wo man frühstücken könne, und sie zeigte auf ein Häuschen, das nach meinem Ermessen wie ein Klo-Häuschen aussah. Das war doch ein Witz? Wir sind dann also dorthin gegangen und da saß eine Omi drin, die das Frühstück verteilte. Dort bekamen wir eine Brot-Tüte, in der Croissants, welch ein Wunder, Belag, Instant-Kaffee, Tetrapak-Kakao, Apfelsaft und Teebeutel sowie Milch enthalten waren. Mit diesem Beutel ist man in seine Hütte gegangen. Das war unser Frühstück, bevor es für uns in den Pixar-Park ging.

Dort hatten wir ein weiteres Highlight. Wir besuchten eine Stuntshow. Aufgebaut war eine Bühne und drum herum ein Wasserkanal, weil die Stuntshow-Darsteller und die Requisiten während der Aufführung brannten. Auf der Bühne standen mehrere Fake-Gebäude, die zur Show gehörten. Die wenigen Fahrgeschäfte im Park hatten wir frühzeitig alle miterlebt und genossen. Also schauten wir uns nun noch diverse Shows an. In einer Stuntshow flogen Autos durch die Luft und es gab jede Menge Action. Das war richtig, richtig cool. Die Kinder waren wirklich begeistert. Wann sieht man mal einen brennenden Menschen? Das war also unser zweiter Tag. Nun ging es langsam auf den Nachhauseweg. Wir sind nach einem nicht mehr ganz so langen und anstrengenden Tag also gen Heimat gefahren. Glücklicherweise hatten wir nicht mehr ganz so viele Kilometer vor uns, denn zum Schluss zog sich die Strecke enorm. Irgendwann kamen wir vollkommen erschöpft zu Hause an. Wir sind wahrhaftig alle nur raus aus dem Auto und rein ins Bett und haben fast den ganzen Tag verschlafen. Abschließend muss ich sagen, dass der Urlaub in Frankreich der aktivste war. Wir haben gefühlt jeden zweiten Tag „sportlich" etwas gemacht. Ich bin sogar geritten, da hatte man sich bei einer Reitschule anmelden und angeben können, ob man Anfänger oder Fortgeschrittener war. Ich reite schon seit meiner Kindheit und landete direkt auf einem Megagaul. Ich bin dann in Frankreich durch die Pampa geritten. Das Pferd war aber der Oberknaller, sobald das Tier eine freie Strecke sah, ist es abgegangen wie Schmidts Katze. Ich war ganz hinten in der Gruppe gewesen und plötzlich war ich ganz vorne. Das Pferd war echt mit Vorsicht zu genießen. Am Ende des Ausritts sagte mir die Reitlehrerin noch, dass mein Pferd Pepper heiße, weil es Pfeffer im Hintern habe. Ach nee ...!! Schön, dass man es mir erst nach dem Ritt erzählt hatte. Wir haben in dem Urlaub viele neue Dinge erleben dürfen und Abenteuer genossen: Minigolf, haben einen Zirkus besuchen können, hatten lustige Autofahrten. Also jeden Tag was Neues.

Kapitel 8: Kroatien-Corona-Urlaub

Unseren Urlaub hatten wir schon 2019 gebucht. Als wir buchten, war im Grunde noch alles gut gewesen, wir hatten alle unsere Pläne und freuten uns auf einen neuen Sommerurlaub. Dann kam Corona und verkomplizierte die Campingabenteuer.

Es gab auf einmal andere Reisebedingungen und wir verfolgten diese auch brav, um einfach auf dem aktuellen Stand zu bleiben. Natürlich stand auch bei uns das Thema fahren oder nicht fahren zur Diskussion. Doch so richtig entscheiden wollten wir uns vorab nicht. Wir wollten das spontan beschließen. Quasi einen Tag, bevor es losgehen sollte, wollten wir uns festmachen und einen Entschluss fällen. In Kroatien gab es einige Risikogebiete, die man nicht anfahren durfte. Wir hatten aber Glück, dass unsere Ecke nicht dazugehörte.

Wir hatten uns natürlich auch im Bekannten- und im Familienkreis umgehört. Dort hatten alle ihre Reisen abgesagt aus Angst vor Corona. Die meisten Menschen waren also in Deutschland geblieben und Kroatien war daher touristisch ziemlich leer. Warum sollten wir also umbuchen? Hierzulande haben sich die Menschen an die deutschen Strände gestürzt und es herrschte Ferien-Chaos. Wir hatten uns also bis einen Tag vorher offen gelassen, ob wir fahren oder nicht. Doch unsere Vermutung war richtig, Kroatien war leer gefegt und wir vermuteten, einen entspannten Urlaub vor uns zu haben. 1550

Kilometer hatten wir hinter uns zu bringen, etwas mehr als 14 Stunden Fahrt. Wir haben auf der Hälfte der Strecke wieder in Schwäbisch Hall angehalten und Pause gemacht. Dort haben wir erneut 2 Tage verlebt und die Familienzeit genossen. Von dort aus sind wir ganz gechillt nach Kroatien weitergefahren. Wir sind ganz gemütlich und in aller Ruhe dort angekommen, haben entspannt aufgebaut und waren nun bereit für Urlaub. Es war, wie wir es uns erhofft hatten, leer. Was ich ganz vergessen hatte zu erwähnen: Ein wenig anders war uns dann doch gewesen, als wir auf dem Weg waren. Denn wir hatten gehört, dass es überall an den Grenzstationen sogenannte Corona-Stationen geben sollte. Doch das war letztlich nicht an einer einzigen Stelle so gewesen. Den einzigen Test, den wir erlebten, war bei der Ankunft im Resort, denn dort wurde bei uns Erwachsenen Fieber gemessen. Die Kinder auf der Rückbank hat der Mitarbeiter einfach mal übersehen.

Ganz witzig war, dass man genau sehen konnte, wer schon länger dort verweilte. Denn alle Neuankömmlinge sind brav mit der Maske auf dem Platz herumgelaufen. Und alle, die schon länger da waren, die hatten keine mehr auf. Ich war schon etwas verwundert, dass dort keiner eine Maske trug, weder beim Bäcker noch am Pool. Wir haben uns natürlich ganz brav an die Regeln gehalten, bis wir bemerkten, dass wir eigenartig angeschaut wurden, weil wir einen Mundschutz trugen.

Leichtsinnig, wie wir waren, haben wir ihn also auch vernachlässigt. So haben wir uns natürlich am ersten Tag nach dem Aufbau umgesehen. Also, wo war der Pool, wo konnte man reiten usw.

Wegen Corona hatten wir ein Familienbad gebucht, was wir uns anschauten. Ich hatte ja vermutet, dass wegen Corona gar keine Familienbäder mehr da sein würden. Aber so war es nicht.

Cool war, dass man zu diesem Badezimmer einen Schlüssel bekam, man konnte da also rein und raus, wann man mochte. Kein Anstehen und keine Warterei mehr. Ich fand das schon wichtig, gerade zur Corona-Zeit. Ganz billig war es nicht, aber eben wichtig. Obwohl wir uns an alles gehalten haben und versuchten, alle hygienischen Geschichten einzuhalten, bin ich doch wirklich am zweiten Tag krank geworden. Also, ich glaube nicht, dass es Corona war. Es ist natürlich derbe blöd, wenn man bei gefühlten 40 Grad im Schatten Schüttelfrost hat, obwohl einem der Schweiß vom Körper tropft.

Ich bin am zweiten Morgen aufgestanden mit einem komplett dicken Hals, keiner Stimme, Schnupfen ohne Ende. Das zu Corona-Zeiten ist natürlich dann der Jackpot. Ich habe nur gebetet, dass ich kein Fieber bekomme. Ich vermute aber, es kam von der Klimaanlage. Weil wir im Auto natürlich mit Klimaanlage gefahren waren.

Somit hatte mein Mann die Aufgabe, zur Apotheke zu fahren. Ich habe zwar einen Apothekerschrank mit allen Dingen, die das Herz begehrt. Ich hatte alles: Wundcreme, was gegen Fieber, etwas gegen Schmerzen. Also bei mir kannst du alles behandeln lassen. Aber gegen Erkältung hatte ich nichts mit. Somit musste Nils in eine Apotheke und versuchen, das Zeug zu holen. „Ist das dein Ernst?“, meinte er.

„Wie soll ich einer Apothekerin in Kroatien erklären, was ich brauche?“ Also luden wir uns den Google-Translator herunter, um das übersetzen zu lassen. Ich habe Nils einen Screenshot gemacht, damit er dort nur noch vorzeigen musste, was er brauchte. Kommt natürlich zu Corona-Zeiten nicht so gut an, wenn man Hustensaft in der Apotheke kaufen muss. Ein bisschen Angst hatte ich schon. Ich habe ja fast befürchtet, dass sie uns das Gesundheitsamt auf den Hals hetzen würden. Aber es war auch dort vollkommen entspannt. Nils wurde in der Apotheke begrüßt, erst auf Englisch. Also holte er seinen digitalen Zettel heraus. Die Apothekerin sprach allerdings auch Deutsch, was natürlich perfekt war.

Nils holte also Nasenspray, Hustensaft und eine antiseptische Wundsalbe. Meine Kleinste war direkt am ersten Tag in eine Muschel getreten. Die Wunde begann sich zu entzünden und ich hatte nur normale Wundsalbe mit.

Ich habe mich dann erst mal ordentlich pflegen lassen. Also, ich lag wirklich mit meinen Paketen an Taschentüchern am Strand. Die ersten zwei Tage hatte ich keine Stimme, dann aber löste sich der ganze Mist und das Husten begann. Wie scheiße ist das also, wenn man zu Corona-Zeiten mit einem Husten der Hölle am Strand sitzt. Du wirst nur blöde und schief angeschaut. Ich habe mir dann ein Handtuch über das Gesicht gelegt und versucht, dort in das Handtuch unauffällig zu husten, damit das nicht jeder mitbekommt.

Der Hustensaft hat glücklicherweise gut geholfen und anstatt Caipi am Strand habe ich Pfefferminztee getrunken. Nach 1,5 Wochen war ich wieder gesund. Aber da war der Urlaub dann auch fast vorbei. Die Kinder hatten es schließlich auch noch bekommen. Ich habe also auch die beiden direkt mit versorgt.

Wir waren in einem riesen Resort, wo wir im Grunde alles bekamen. Also Golf, Tennis, Reiten, Spielplätze, Animation usw. Es war alles da, was das Herz höher schlagen ließ. Durch Corona war das alles jedoch eingeschränkt. Animation konntest du nur zum Teil genießen. Die Restaurants jedoch waren komischerweise alle voll und das auch ohne Mundschutz. Das Ponyreiten hat stattgefunden und am Strand musste man eben den Mindestabstand einhalten.

Wenn ich Urlaub mache, dann möchte ich den mit meiner Familie verbringen. Nun ist es beim Camping allerdings so, dass man mit seinem Nachbarn auch mal ein Bierchen trinkt und ein paar Worte wechselt. Nicht unbedingt meine liebste Beschäftigung.

So, nun dachte ich mir, dass dieser Urlaub ruhiger werden würde, und hatte mir extra ein Buch zu Beginn gekauft. Ich lese ja super gerne. Es kam aber wieder anders als geplant. Denn mein Mann hatte am ersten Tag auf unserem Platz festgestellt, dass wir die Aufsätze für den Wasserhahn nicht mithatten. Es gibt verschiedene Aufsätze, die man aufschraubt, um Wasser zu erhalten. Normalweise hat man in Deutschland dafür eine Norm, in Kroatien braucht man einen anderen Aufsatz, der uns fehlte.

Unsere Nachbarn hatten einen solchen Aufsatz und mein Mann ging rüber, stellte sich vor und fragte freundlich, ob er diesen nicht gelegentlich mitnutzen dürfte. Das war alles kein Problem. So, nun kamen wir mit den Nachbarn ins Gespräch, was ja nicht schlimm ist. Aber ich bin eben eine Person, die auch mal gerne alleine Urlaub macht. Die Männer kamen ins Gespräch, zack, war das erste Bierchen auf und so saß ich in der Patsche. Es dauerte nicht lange und die Frau des Nachbarcampers kam dazu. Ein super nettes Pärchen mit zwei Kindern, einem Sohn und einem Mädel. Die Mädchen waren nun in der Überzahl und es ging demnach schon am Morgen los, dass die drei Weiberlein den Jungen ärgerten.

Die Kinder verabredeten sich also direkt zur Spielzeit. Womit dann schon das nächste Problem auf uns zukam. Meine Kinder sind Langschläfer und stehen im Urlaub meist nicht vor 10 Uhr auf. Die Kinder der Nachbarn waren Frühaufsteher. Somit standen die Nachbarskinder also schon recht zeitig auf der Matte und fragten nach meinen Mädels.

Wir hatten also jeden Morgen um halb neun Besuch im Vorzelt. Es war nicht nervig, aber doch nicht ganz so entspannt wie sonst. Was ich noch nicht erwähnt hatte, die Nachbarn waren Polen. Und wie wir alle wissen, die polnischen Frauen sind sehr fürsorglich und kümmern sich gerne um ihre Mitmenschen. Natürlich bekam man mit, dass ich erkältet war, und so stand Mila, die Nachbarin, eines Morgens in meinem Vorzelt und bat mir Hustensaft an. Irgendein Kräuterkram mit 40 Umdrehungen. Sie schenkte mir ein und ich kippte den ersten runter, da folgte auch schon der zweite.

„Du musst trinken zwei. Weil, wenn du trinkst einen, du kannst nicht richtig laufen, wenn du trinkst zwei, dann du kannst wieder laufen."

Für mich hieß das also, du hast nicht nur einen gekippt, sondern zwei, und das früh um halb elf in Kroatien. Das war der Urlaub, in dem wir wohl den meisten Alkohol getrunken haben.

Zwischenzeitlich war es dann so, dass wir gerade auf dem Weg zum Strand waren, alles fertig und startbereit. Da rief es von drüben nur: „Nils, komm ma rüber!" Er machte sich auf den Weg und war von da an nicht mehr gesehen. Der kam einfach nicht wieder. Schau ich um die Ecke, da sitzen die beiden Männer und trinken erst mal einen Whiskey-Cola. Und dann bekommt man noch die Aussage an den Kopf gehämmert, wenn es heiß sei, solle man viel trinken.

So ging das den ganzen Urlaub durch. Wir starteten also mit Hustensaft und Whiskey in den Tag, tranken am Strand Bier und Radler und an der Bar eventuell mal einen Cocktail und natürlich noch Pfefferminztee für mich.

Gefühlt hatten wir durchgehend irgendwas Alkoholisches in der Hand. Am dritten oder am vierten Tag sagte ich zu meinem Mann: „Ich kann das nicht jeden Tag. Ich brauche auch mal einen Tag für uns als Familie." Natürlich ist eine Gemeinschaft toll, aber du hast auch irgendwie Familienurlaub. Ich bin dann auch ein ehrlicher Mensch und sagte daher ganz offen, dass ich mal einen Tag für uns als Familie brauche. Den haben wir uns dann genommen.

Wir haben uns gut verstanden, viel gelacht und hatten Spaß. Problematisch waren die Kinder, dadurch, dass es 3 Mädchen und 1 Junge waren. Die Mädels vergnügten sich mit ihren Barbies. Barbie hier und Barbie da und dann kam da der Junge mit seiner Legofigur um die Ecke. Streit war also programmiert.

Die Kinder haben sich also immer in die Haare bekommen. Für uns Erwachsene durchaus eine Herausforderung. Wir Mädels konnten uns über Kosmetik und Co. unterhalten und die Männer spielten Dart. Wir hatten unseren Spaß, weil wir dort natürlich auch einige Grazien am Strand hatten, die man beobachten konnte. Es liefen schon ein paar tolle Frauen rum, bei denen mal eben alles künstlich war. Und so haben Mila und ich uns den Spaß gemacht und haben eine Jury gegründet und Noten verteilt, wer das beste Outfit an entsprechendem Tag trug. Eine ganz lustige Angelegenheit, denn wenn man eine Weile auf einem Campingplatz verbringt, sieht man ja immer wieder dieselben Leute. Es war wirklich amüsant. Die Männer haben sich dafür gar nicht interessiert. Primitiv, wie die Herren sind, reichten Bier und Liege aus.

Was auch sehr cool war, Mila und Mark hatten zwei Stand-up-Paddle-Boards mit. Mein Wunsch war es schon lange, ein solches Teil zu besitzen. Doch ich wollte es immer im Vorfeld einmal testen, bevor ich so ein Board kaufen würde. Man konnte sich ein solches auch direkt vor Ort leihen, doch die Preise waren doch schon recht teuer, und so traf mich das Glück, eine Tour mit Mila machen zu können. Wir sind mit dem Board ziemlich weit raus, was wirklich schön war.

Denn je weiter du rausgefahren bist und je tiefer das Wasser wurde, desto größer war die Artenvielfalt, die man dort unter Wasser sehen konnte. Wir hatten sogar das Glück, einen Rochen sehen zu dürfen. Ich hatte noch nie in freier Wildbahn einen Rochen vor der Nase gehabt. Die sind uns einfach so unter den Füßen hinweggeschwommen, dass es wirklich beeindruckend war. Nachdem ich das nun habe testen können, möchte ich für den nächsten Urlaub unbedingt so ein Board haben.

Toll war natürlich auch, dass man sich einfach mal sportlich betätigen konnte, trotz der Hitze. An Land konnte man wegen ihr nicht viel machen. Schon das bloße Sitzen hat einem die Schweißperlen auf die Stirn getrieben.

Ich muss dir allerdings noch etwas erzählen. Denn unser Bekannter Mark hatte eigentlich mal Marek geheißen. Ließ sich allerdings umtaufen. Bei einem Gespräch erzählte er uns seine kleine Geschichte und seine Beweggründe, warum aus Marek letztlich Mark wurde. Mark, ehemals Marek, wollte als Deutscher anerkannt werden, was natürlich dazu geführt hatte, dass er sich einen typischen deutschen Namen wünschte. Und deswegen ließ er sich in Mark umtaufen. Und wie das so im Urlaub ist, man trinkt hier und da was und Nils, mein Mann, zieht die Leute gerne mal auf. Um Mark zu ärgern, rief er ihn also immer Marek. Dieser Name war so präsent, dass wir nicht mehr Mark sagten, sondern Marek. Unser Bekannter hat dazu nie etwas gesagt, denn es störte ihn nicht. Aber eines Abends sagte Mila, seine Frau: „Marek, kannst du das mal holen?“ Wie aus dem Nichts ist Mark völlig ausgeflippt: „Du darfst mich nicht so nennen, das darf nur Nils!“

Nils hat direkt den Kopf eingezogen und kleinlaut gemeint: „Oh, hab ich jetzt eine Ehekrise entfacht?“ Aber Mila und Mark waren eh zwei kleine Streithammel, die sich öfter mal gezofft haben. Manchmal war das ganz lustig anzusehen, vor allem, wenn es dann hieß: „Bei euch ist es immer so harmonisch.“ Ich sagte dann nur: „Das ist Vortäuschung falscher Tatsachen.“

Aber im Gegensatz zu Mila und Mark waren wir doch recht friedlich zugange. Und so waren wir vier sozusagen für den Urlaub füreinander bestimmt und am Abend oft essen oder haben es uns an der Strandbar gemütlich gemacht. Gelegentlich wurde auch mal das Tanzbein geschwungen. Es waren also schöne und entspannte Ferien.

Während des Urlaubs hatten wir uns überlegt, unser Vorzelt zu verkaufen. Wir waren zufrieden mit dem Zelt, jedoch fehlten uns etwas der Platz und die Stabilität. Beim Kauf hatten wir uns damals von den Neuheiten verleiten lassen und waren eben zu diesem Luftvorzelt gekommen. Wir sprachen also mit Mila und Mark darüber und davon, es verkaufen zu wollen. Das Ende vom Lied war, wir sind ohne Vorzelt abgereist. Wir hatten also am letzten Tag, bevor wir aufgebrochen sind, unser Vorzelt auf der einen Seite abgebaut und auf der anderen wieder auf. Wir sind also ohne Vorzelt Richtung Deutschland gefahren. Unsere Rückreise starteten wir wieder in der Nacht. Sind dann auf Anraten von mehreren Leuten nachts über die Bergpassstraße gefahren. Das waren ungefähr 100 Kilometer. Grund für diese Entscheidung war, dass wir die Staus an den Grenzen nicht mitnehmen wollten. Wir bekamen gesagt, dass es sich dort ewig in die Länge ziehen würde. Und wir hatten keine Lust, mit den Kindern dort im Stau zu stehen. Also entschlossen wir uns, diese Bergpassstraße zu nehmen, konnte ja nicht so schlimm werden. Es war eine sehr blöde Entscheidung. Diese Bergpassstraßen sind halt echt bescheiden mit dem Wohnwagen zu fahren. Das Schlimmste an der ganzen Sache war aber, dass überall Hirsche und Rehe herumstanden. Nils war also durchgehend auf Achtung-Achtung-Stellung, weil er immer Sorge hatte, dass ihm so ein Vieh vor das Auto springen würde. Und er immer so: „Schatz, du glaubst gar nicht, was hier los ist. Überall Hirsche, überall Rehe und überall irgendwelche Tiere." Ich sagte nur zu ihm: „Solange du keine Dinosaurier siehst, ist doch alles in Ordnung." Aber natürlich ist das gefährlich, denn Wildwechsel ist immer so eine Sache für sich.

Irgendwann sind wir dann an der Mautstelle angekommen. Wir sind vor die Schranke gefahren und die blieb unten. Sie ging nicht auf. Da saß aber keiner an der Kasse. Es gab aber auch nirgendwo eine Bezahlstelle, einen Automaten oder einen Knopf, um die Schranken zu betätigen. Da waren lediglich kleine Kassenhäuschen, aber die sahen schon tot aus. Also, als ob da Jahrzehnte keiner drin gesessen hätte. Da waren irgendwelche Klingeln, die schon halb auseinandergefallen waren, und Schilder, die schon keine Schilder mehr waren. Ja, nun standen wir da mitten im Nirgendwo.

Witzigerweise kam auf der anderen Seite auch ein Auto, ein

Deutscher, der gerade auf der Heimreise war. Der wunderte sich auch, dass da keiner war, und regte sich noch auf, dass dort niemand zu sein schien. Der andere Autofahrer kam dann einfach auf die Idee, in die beiden Kassenhäuser reinzuschauen. Das eine der beiden Häuschen war leer. Und ohne Mist, in dem zweiten Kassenhaus lag ein Mitarbeiter mit dem Kopf auf dem Tisch und hat gepennt.

Wäre der andere Tourist nicht so frech gewesen und hätte die Kassenhäuser aufgemacht, wären Nils und ich vermutlich zurück gefahren und hätten einen riesen Umweg von 100 Kilometern machen müssen. Nur weil so ein blöder Mitarbeiter sich dachte, jetzt penn ich mal eine Runde. Der Mitarbeiter ist dann doch mal aufgewacht und hat sich erinnert, dass er arbeiten sollte. Nach 30 Sekunden waren wir durch die Schranke gefahren und konnten weiter Richtung Österreich.

Dort angekommen wollten wir unbedingt die deutsche Grenze überqueren, doch Nils stellte zuvor fest, dass er nicht mehr konnte. Er war vollkommen erledigt. Ist ja kein Wunder, wenn man im Urlaub nur mit Promille überlebt und dann auf einmal auf völligem Alkoholentzug war. Dann wird so eine Fahrt auch echt anstrengend. Nee, Spaß beiseite. Man ist irgendwann auch einfach kaputt von der langen Autofahrt und die Wärme schlaucht einen ja auch.

Und dann haben wir in Österreich eine Raststätte angefahren und uns nach hinten in den Wohnwagen verzogen, um ein paar Stunden zu schlafen.

Nach 3 bis 4 Stunden sind wir weitergefahren Richtung Allgäu, denn wir hatten am Hopfensee einen Campingplatz gebucht für zwei Übernachtungen, um dort das Schloss Neuschwanstein betrachten zu können. Dort angekommen konnten wir uns über den „tollen“ Stellplatz nicht beschweren, direkt gegenüber vom Müllcontainer und dem Chemieausguss, Wir hatten ja nicht vor, dort wirklich Urlaub zu machen, sondern wollten uns nur das Schloss anschauen. Durch die Corona-Pandemie konnten wir Neuschwanstein aber leider nicht besichtigen. Weil die Besuchszeiten sehr krass kalkuliert waren. Sie durften nur eine bestimmte Anzahl an Personen in das Schloss lassen. Wir versuchten noch, online Karten zu reservieren, aber es war bis Ende September alles ausgebucht.

Aber wir haben es uns nicht nehmen lassen, dass wir uns das Schloss von außen anschauen konnten. Wir haben also unseren Wohnwagen auf dem Platz abgestellt, sind ins Auto und Richtung Schloss gefahren. Den ersten Tag sind wir also mit Rucksack nach oben gewandert, um zum Prachtbau zu kommen. Oben angelangt haben wir uns das Schloss von außen angeschaut. Von dort oben konnte man auch die Marienbrücke sehen, die wir eigentlich hatten besuchen wollen. Doch die riesen Schlange davor hat uns dann doch abgeschreckt.

Nachdem wir das Schloss von allen Seiten betrachtet hatten, sind wir wieder nach unten, jedoch mit den dortigen Pferdekutschen. Diese fuhren die Gäste zum Schloss und auch wieder zurück. Das Coole an den Kutschen war, dass diese mit Hybrid ausgestattet waren. Das hieß, die Pferde hatten entsprechende Unterstützung.

Meine Mädels waren Feuer und Flamme: „Oh, Mama, schau mal, da sind Kutschen wie bei der Königin und dem König. Wir wollen auch damit fahren.“ Ich konnte Nils dann überzeugen und so bekamen die Mädels doch noch ihr Highlight.

Wir hatten einen ausgesprochen netten Kutschfahrer, der die Kinder am dem Ende der Fahrt zu sich nach vorne holte, damit sie auch mal die Chefs der Kutsche sein durften.

Schließlich haben wir eine Nacht auf dem Platz verbracht, wo es am

Morgen leider ein Problem mit dem Frühstück gab. Denn Corona-bedingt konnten wie uns dort nirgendwo hinsetzen. Ich hätte gerne in einem Café oder so gefrühstückt, denn auf Milchbrötchen, Tetrapak-Kakao hatte ich keine Lust. Aber meine Kinder hatten mal wieder eine geniale Idee: „Mama, was hältst du davon, wenn wir picknicken?“ Den Vorschlag fand ich wirklich toll und so sind wir mit der Decke losgezogen und haben einen schönen Ort zum Frühstücken gesucht. Der See hatte einen tollen Holzsteg, der weit übers Wasser reichte. Da war am Morgen noch nicht viel los, also haben wir uns auf den Steg gesetzt und gefrühstückt. Nils hatte davor natürlich noch richtige Brötchen vom Bäcker geholt. Als wir uns dann gestärkt hatten, haben wir uns ein zweites Mal auf den Weg zum Schloss gemacht. Denn es gab dort noch eine Schlucht zu erkunden. Und dann haben wir gesagt, wir machen zwei Sachen.

Wir fuhren erst Richtung Sommerrodelbahn, denn auch die war nicht weit entfernt. Wir sind also erst dort mit den Kindern 2, 3 Runden gefahren. Nach einer kurzen, sehr unentspannten Pause wegen aufkommender Wespenplage haben wir uns weiter auf den Weg gemacht Richtung Pöllatschlucht. Die war wirklich schön, man hatte kleine Wasserfälle, also frisches Bergwasser, was entsprechend kalt war. Wer sich getraut hat, konnte dort auch direkt unter den Wasserfall steigen und sich erfrischen.

Ich wollte das auch unbedingt erleben. Doch so richtig durchringen konnte ich mich nicht. Ich sagte noch zu meinem Mann: „Das würd ich auch gern mal machen." Nils kommentierte das nur ganz knapp: „Was überlegst du denn so lange."

„Ich habe doch gar keine Badeklamotten mit." „Ja und, die anderen gehen doch auch in Unterwäsche da rein." Recht hatte er und so

bekleidete ich mich mit einem langen T-Shirt und Unterhose und hüpfte ins kühle Nass. Ich hatte noch nie solche Schnappatmung wie in diesem Moment. Ich hab in Sendungen immer die Leute ausgelacht, wenn sie in Eiswasser steigen mussten und erzählten, sie bekämen keine Luft oder seien wie gelähmt. Aber es war wirklich so krass kalt das Wasser, dass man wirklich das Gefühl hatte, man bekomme keine Luft mehr. Es zog sich alles im Körper zusammen. Es war wirklich kalt, also so richtig eisekalt. Aber es war auch echt toll.

Nach meiner Badeaktion sind wir noch ein bisschen an der Schlucht entlang gewandert und die kleinen Wasserfälle sind schließlich in seichten Flussbetten geendet und dort lagen ganz viele Steine jeglicher Größe. Die Touristen haben dort aus diesen so kleine Türmchen gestapelt und das ganze Tal war voll von diesen Steintürmen.

Das war echt mega, also das war voll mein Element. Ich bin ja auch mehr so ein Mensch: „Ich hasse Menschen und ich liebe Steine." Ich war also absolut in meiner Welt. Dieser eine Tag war für mich erholsamer als die zwei Wochen in Kroatien. Mein Mann konnte es nicht verstehen. Aber diese ganzen Steine und das Wasser dazu, ich war sozusagen in meiner „Heimat".

Wir haben natürlich auch so einen Steinturm gebaut. Das Problem war nur, dass wir im kalten Bergwasser standen, welches knöchelhoch war, deshalb hielt man es dort nicht allzu lange aus. Man hat das Gefühl gehabt, man bekäme Krämpfe in den Füßen.

Das hat so wehgetan, dass meine Mädels ganz schnell den Turm gebaut haben und wieder raus sind. Ich stand noch über den Schmerz hinaus in dem Wasser und habe weitergeschichtet. Ich hätte da noch Stunden verbringen können. Doch irgendwann wurde es den anderen zu langweilig: „Mama, kommst du jetzt, können wir jetzt weiter?"

Also sind wir wieder raus aus der Schlucht und haben das nächste Restaurant aufgesucht, um mal ein ordentlich bayerisches Essen zu genießen. Zack, landete die Haxe auf dem Teller. Es war auch sehr lecker, aber die Wespen waren unsere Begleiter. Wir haben am Schluss wirklich mit den Viechern am Tisch gekämpft. Es war so unnormal, dass man irgendwann keinen Bock mehr hatte zu essen.

Wir wollten nach der Stärkung wieder runter vom Berg. Meine Mädels wollten natürlich wieder mit der Kutsche fahren, ich wäre auch dafür gewesen, doch Nils beschloss, dass wir zu Fuß gingen.

Das war leider keine gute Idee, denn ich habe dann noch einen echt coolen Stunt hingelegt. Wir sind den Berg hinunter gewandert auf einer geteerten Straße. Ich hab mich mit den Kindern unterhalten und nicht darauf geachtet, wo ich hintrat. Nun war es neben der geteerten Straße etwas abfällig und dann kam direkt Schotter, der jedoch nicht eben mit der Straße war. Ich bin jedenfalls mit dem Fuß an die Straßenkante gekommen und weggeknickt, ließ mich aber auch direkt fallen, denn ich merkte schon, wenn ich versuchte, mich zu stützen, würde ich so dolle umknicken, dass es richtig schmerzhaft werden würde. Ich ließ mich also fallen und bin in einer Kamikazerolle über das rechte Knie, den rechten Ellbogen über den Rücken gerollt. Ich bin direkt wieder aufgestanden, weil die Touristen hinter uns meine tolle Einlage miterleben durften. Das war mir so peinlich, dass ich am liebsten im Boden versunken wäre.

Nils direkt: „Schatz, hast du dir wehgetan, hast du dich verletzt?“

„Nee, nee, alles gut.“ Mein Knie am Bluten, mein Arm am Bluten, das Blut lief nur so. Meine Hand wurde dick, mein Finger schwoll an. Ich musste mich mit der Hand abgefangen haben und war dadurch direkt mit der Hand auf einen Stein gefallen. Also, sie wurde mega dick, zwei Finger ebenso. Aber nee, nee, bloß nix anmerken lassen. War ja mega peinlich.

Im ersten Moment merkt man ja auch nix durch das Adrenalin im Körper. Lässt dieses nach, merkt man es dann doch. Aber alles gut, ich habe es ja überlebt. Ich sagte nur zu meinem Mann: „Siehst du, dass passiert, wenn man nicht mit der Kutsche fährt.“

Wir sind dann also zurück zu unserem Platz und haben dort noch etwas Zeit verbracht, bevor wir am Abend den Weg Richtung Heimat auf uns nahmen. Zuvor sind wir noch einmal an den See, mit Folgen natürlich: Luna wurde dort zum Abschluss von einer Wespe in den Finger gestochen.

Kapitel 9: Campingbekanntschaften

Was darf bei einem Campingurlaub nicht fehlen? Die Bekanntschaften natürlich und davon hatten wir so einige in den vergangenen Jahren. Ich möchte dir gerne ein paar dieser Bekanntschaften vorstellen und dir damit den Tag und die Lesezeit versüßen. Beginnen möchte ich mit Ines und Todde. Die beiden waren einen Tick älter als wir und hatten ebenfalls zwei Kinder. Eine Tochter, die etwas älter war als Luna, und einen kleinen Sohn, der etwas jünger war als Malou. Diese beiden haben wir mit ihrer Familie im Südseecamp in Soltau kennengelernt. Dort ist ein Campingplatz, der von uns ungefähr 1,5 Stunden entfernt liegt. Also nicht diese Megareise. Ein kleiner Tipp, das ist der Campingplatz, den wir jedes Jahr zum Vatertag ansteuern. Denn an diesem Tag gibt es dort immer eine riesen Sause. Der Platz hat eine Art Zirkuszelt, in dem es eine gute Bar mit super leckeren Cocktails und stimmungsvoller Musik gibt. Die gute Laune ist also programmiert. Mit Lagerfeuer, Stockbrot und Bierwagen und so weiter, also alles, was das Herz begehrt.

Auf jeden Fall haben wir uns dort kennengelernt, was wirklich lustig war. Unser Platz war recht weit hinten am Wald gelegen und deren Stellplatz war zwei oder drei Reihen vor uns. Wir hatten an dem Morgen gerade gefrühstückt und Nils wollte sich auf den Weg zum Abwaschen machen. Wir sammeln immer recht gerne Geschirr an, bevor wir uns in das Spülhaus stellen. Lustigerweise gehen meist die Männer zum Abwaschen und nicht die Frauen. Nils dackelte also am

Morgen los, während ich die Kinder fertig machte, den Wohnwagen auf Vordermann brachte und ein bisschen Ordnung in das Chaos brachte. Irgendwann schaute ich auf die Uhr, mein Mann war seit über einer Stunde beim Abwaschen. Nachdem ich nach 2 Stunden mit allem fertig war, machte ich mich auf den Weg, Nils zu suchen. Denn das Waschhaus war original 5 Stellplätze weiter. Ich ging los. Drei Plätze weiter sah ich meinen dreckigen Abwaschberg und meinen Mann mit einem Bierchen in der Hand. „Wo warst du denn die ganze Zeit und was ist mit dem Abwasch?" Nils grinste mich an: „Schatz, wir haben dich schon vermisst, dein Bier wird warm." Da haben die mir in der Zeit ein Bier eingeschenkt. Man hatte bloß versäumt, mir zu sagen, dass mein Mann beim Nachbarn saß und soff. Ich wollte natürlich nicht unhöflich sein und stellte mich vor: „Hi, ich bin die Jenny, die Frau vom Nils." „Ja, komm setz dich, wir haben dich schon vermisst", bekam ich als Antwort.

Also setzte ich mich dazu. Die Kinder waren schon Richtung Spielplatz abgehauen. Dann saßen wir also da, lernten uns kennen, lachten viel und genossen das Camperleben. Irgendwann kündigte sich die Abendzeit an und wir bekamen dann doch mal Hunger. Der Abwasch war immer noch nicht gemacht. Der war auch nicht mehr so wichtig, wir würden schon genug Teller zusammenbekommen, damit beide Familien gemeinsam Abendbrot essen konnten. Jeder hat was dazu beigesteuert und so war der Tisch schnell gedeckt. Zwischendurch kamen die Kinder immer mal angeflitzt. „Mama, machen wir heute noch was? Mama, fahren wir heute noch wo hin?"

Also versprachen wir den Kindern, später zum Stockbrotessen zu gehen. Auf dem Platz gab es eine große Feuerstelle, wo man sich das Stockbrot holen konnte. Perfekt war natürlich, dass der Bierwagen nicht weit weg war und wir dadurch direkt den Bierdurst stillen konnten. Da wurde es dann aber richtig böse. Dort konnte man den Südseeturbo kaufen. Das war ein kleiner Schnapsshot aus Rum und noch einem Gesöff. Zweifarbig und furchtbar eklig. Und jeder hatte irgendwie immer einen Kurzen in der Hand. Hier noch 'ne Runde und da noch 'ne Runde. Irgendwann konnten wir gehen und ich war froh darüber, denn wir hatten echt alle einen im Tee. Wir landeten aber wieder bei Ines und Todde und saßen dort bis in die Nacht hinein. Ach ja, und der Abwasch, den mein Mann am Morgen mitgenommen hatte, der stand am nächsten Morgen immer noch bei Ines und Todde an derselben Stelle.

Nicht unsere einzige Bekanntschaft, sondern es gab eine weitere mit Ralf und Kathi. Beide wieder einen ticken älter. Auch bei ihnen waren zwei Kinder mit an Bord, jedoch zwei Söhne, die schon etwas älter waren und ihr eigenes Ding gemacht haben. Kennengelernt haben wir die beiden mit Familie an der Ostsee in Rerik. Das war auch wieder so ein Zufall, weil wir mit Onno spazieren gingen und dafür immer eine Campingstraße überqueren mussten, bevor wir zum Wasser kamen. Wir mussten also stets an dem Stellplatz der beiden vorbei und stellten dabei fest, dass sie eine Französische Bulldogge als Begleiter hatten. Also auch so eine kleine Plattnase. Wie es der Zufall wollte, mochten sich unsere Hunde, und so kamen wir über unsere Vierbeiner ins

Gespräch. Wir verstanden und direkt gut und beschlossen, einfach mal zusammen zu essen. Also grillten wir gemeinsam und unterhielten uns. Und wie das auf einem Campingplatz so ist, jeder bringt was mit und alle stellen ihre Stühle zusammen und dann wird gefuttert.

Ich wollte am Abend noch einmal ans Wasser, um unseren Hund laufen zu lassen. Die beiden schlossen sich an und so saßen wir zusammen auf einer Decke, genossen den Sonnenuntergang und schauten den Hunden und Kindern beim Spielen zu. Plötzlich holten die beiden einen Tetrapak Wein aus einer Tüte und zwei Weingläser aus Plastik. Wein aus dem Tetrapak, obereklig. Aber die Weingläser waren cool, hatte gar nicht gewusst, dass es die aus Kunststoff gab. „Wollt ihr auch was?“, fragte uns Kathi. Doch wir hatten gar keine Gläser mit und so teilten wir die Gläser unter uns Paaren auf. Ich war total fasziniert von diesen Plastikdingern. Typisches Weibergespräch, wo kauft man was, durfte da nicht fehlen.

Der Abend wurde feucht und fröhlich. Am Ende landeten wir bei uns im Vorzelt. Nils hatte es gemütlich warm gemacht und mit einer Kerze auf dem Tisch war schnell die wohlige Stimmung vorhanden. Unsere Kinder lagen natürlich im Bett, denn jetzt war Zeit für die Erwachsenen. An diesem Abend entstand ein Spiel. Ich muss dazu sagen, im Herbst hast du auf einem Campingplatz immer ganz viel Getier. Ich stellte also die Mückenlampe auf und machte das Vorzelt zu. Und irgendwann hörte man immer wieder die Mücken, die in die Lampe flogen. Das macht ja so ein zischendes Geräusch. Einer unserer Männer, ich weiß nicht mehr, welcher das war, kam auf die glorreiche

Idee, immer einen Kurzen zu trinken, wenn eine Mücke in der Falle schmorte. Also immer, wenn dieses bekannte Geräusch kam, mussten wir nun einen kippen. Wir stellten also die Schnapsgläser auf den Tisch und immer, wenn eine Mücke in die Lampe schwirrte, kippten wir einen. Ich weiß nicht, wie viele Mücken an diesem Abend im Vorzelt waren, aber wir kippten einen Kurzen nach dem anderen und die Flaschen wurden leerer und leerer. Irgendwann waren wir alle blau. Einer der Männer sagte dann: „Dat hat beschimpt scho eine halbe Stunde nich mehr bbssst jemacht. Wir müsse ma de Mückn wider reilassn." Und dann hat Nils einfach die Tür zum Vorzelt aufgemacht, alles grelle Licht wieder angemacht, was wir zu bieten hatten. Alles Getier in der Umgebung war zur Party eingeladen. Nach einer halben Stunde hat Nils alle Schotten wieder dicht gemacht und dann ging's weiter mit bssst, bsst, bsssst. Wir saßen bis morgens um vier und waren sowas von volltrunken und ich dachte echt, ich würde den nächsten Tag nicht überleben.

Doch mir ging es erstaunlich gut und so wiederholten wir das Spielchen, aber ohne Mückenlampe. Und da ging es auch wieder bis 3 Uhr mit allem Drum und Dran. Aufgedrehte Musik, Gegacker und so weiter. Wir waren so laut, dass die Zeltcamperhinter uns sich beschwerten: „Geht das nicht leiser, das ist schon die zweite Nacht und wir haben Kinder hier. Man versteht jedes Wort. Wir haben Nachtruhe." Und so betrunken, wie ich war, musste ich natürlich aufstehen. Ich hätte ja auch sitzen bleiben können. Durch unser Vorzelt hätte er mich gehört, denn ich hörte ihn ja auch. Aber ich musste aufstehen, das Zelt aufmachen und antwortete ihm brav: „Mein Freund, ‘s tut mir sooooo leid, da hab isch nich drüber nachgedacht. Ach, komm her, bekommst 'n Bier ab, dann kannse mitfeiern.“ Ich machte das Vorzelt zu und drehte mich um. Und wie ich mich umdrehte, begannen die anderen drei dermaßen zu lachen. Sie bekamen sich gar nicht mehr ein. „Wat habt ihr denn?“, fragte ich nur verdutzt. Prompt bekam ich die Antwort: „Ey, wie blöd bist du denn? Der brüllt dich von draußen an, du hörst jedes Wort durch das Zelt und du stehst auf und machst das Zelt auf, um ihm zu antworten.“ Bis ich das geschnallt hatte ... Das Ende vom Lied war, es wurde noch lauter also zuvor. Ich war dann schon immer dabei, alle ruhig zu halten, weil ich echt Angst hatte, vom Platz zu fliegen.

Neben diesen beiden lustigen Bekanntschaften gab es noch Dirk, Anita und den kleine Matti. Diese Familie lernten wir auch an der Ostsee kennen. Da waren wir ausnahmsweise mal nicht nach Soltau gefahren, obwohl der Vatertag anstand. Der Platz hatte eine Sause angekündigt mit DJ und Spanferkel. Nils und ich hatten uns am Morgen fertig gemacht und wollten zwischen 11 und 12 Uhr zu dem Bistro, wo der DJ und das Spanferkel warteten. Wir waren, glaube ich, um 11:30 Uhr am Ort des Geschehens und hatten uns auf ein leckeres Spanferkel gefreut. Doch das war bereits alle, als wir ankamen. Das Orgateam hatte sich etwas verkalkuliert und so schauten wir auf den leeren Spieß und waren schon etwas enttäuscht. Egal, dachte ich mir. Die Lokalität war unterteilt in ein Restaurant, wo du richtig sitzen konntest, und in ein Bistro, welches Bratwurst und Bier anbot.

„Wollen wir uns nicht in das Restaurant setzen und eine Suppe oder sowas essen?“, fragte ich meinen Mann. Wir aßen also im Restaurant, holten uns aber im Bistro das Bier. Da gab es dann schon Ärger, weil wir mit dem Bier im Restaurant saßen. Wir wurden direkt von dem Personal geschimpft, wieso wir nun mit dem Bier hier sitzen würden. „Ja, weil es hier im Restaurant keines gibt und meine Kinder hier essen.“ Das Ende vom Lied war, wir mussten uns auf die andere Seite setzen, die nicht mehr zum Restaurant gehörte.

Wir waren aber in Bierlaune und so setzten wir uns auf die Bierbänke, um dort gemütlich ein Bier zu trinken. Nils stand an der Kasse an und unterhielt sich mit einem Mann. Dieser Mann war Dirk. Sie tranken stehend gemeinsam ein Bier und ich saß mit den Kindern da allein. Irgendwann rief ich: „Wollt ihr euch nicht mit dazusetzen?“ „Ja klar, warum nicht“, sagte Dirk. Irgendwann meinte ich dann: „Sag mal, bist du allein hier?“ Dirk direkt: „Nö, nö, meine Frau sitzt mit Matti da hinten.“ Und so stießen Anita und Matti zu uns. Ihr Sohn war so alt wie Malou. Und so haben sie bei uns gesessen und wir haben uns direkt gut verstanden. Ich weiß gar nicht, wie viel wir getrunken hatten. Doch irgendwann gab es für die Frauen dort nichts mehr und so lief ich mit den Bechern immer zu unserem Platz, der war nicht weit weg, und füllte unsere Becher mit Weißwein auf. Irgendwann kam dann auch mal der DJ, der eigentlich richtig schlecht war. Doch wir waren gut dabei. Und so saßen wir da, haben gesabbelt und getrunken, gegessen und getanzt. Je später es wurde desto besser wurde die Stimmung. Der letzte Song von dem DJ hieß „Tanz, tanz um dein

Leben", darauf sind wir noch einmal richtig abgegangen.

Wir haben schnell nach dem ersten Abend festgestellt, dass wir uns gut verstanden, und tauschten die Nummern aus. Witzig ist, wir verbrachten sogar Silvester zusammen.

Ja, und dann gab es noch Mila und Marek, eigentlich ja Mark. Vielleicht erinnerst du dich an diese Geschichten, sie sind hier im Buch bereits erwähnt worden. Schau doch einfach mal in den Bericht aus Kroatien, dort findest du sie. Auch mit diesen beiden erlebten wir tolle Abenteuer und sensationelle Abende.

Ich packe meinen Wohnwagen und nehme mit ...

Hast du Lust, einen kleinen Ausflug in unseren Wohnwagen zu machen? Schau einfach mal rein und lasse dich inspirieren.

Du kannst diese Liste natürlich auch dazu verwenden, um deinen eigenen Wohnwagen einzurichten. Ich wünsche dir viel Spaß dabei.

Tritt Eingang

Fußmatten klein und groß

Kissen

Decken

Wolldecken

Bettbezüge

Spannbettlaken

Matratzentopper

Schränke Vorzelt (für Schuhe/Lebensmittel)

Outdoorküche klappbar

2 Herdplatten

Deko (Kerzen, Kunstblumen, Wimpelketten, Dekokissen, Tischsets, Tischdecke)

Schubladenorganizer

Antirutschmatten (für den Boden der Fächer)

Stöpselklau

Fernseher, Receiver, Adapter-Kabel, Satellitenschüssel

Geschirrtücher

Heizstrahler Strom klein

Heizstrahler groß Gas

Kleiner Teppich für unter den Tisch (gegen kalte Füße im Herbst)

Handtücher klein

Duschtücher

Zewarollenhalter mit Saugfuß

Toaster, Wasserkocher, Kaffeemaschine, Thermomix, Weber-Grill, Sodastream

Kaffeebecher, Gläser (Wassergläser/Weingläser/Sektgläser/kurze Gläser) aus Kunststoff

Große & kleine Teller aus Kunststoff

Frühstücksbrettchen aus Kunststoff

Schneidebrett

Müslischalen aus Kunststoff

Salatschüsseln aus Kunststoff

Eierbecher aus Kunststoff

Schaumstoff-Einleger, damit die Gläser während der Fahrt nicht durch den Schrank wirbeln!

Karaffe

Topflappen

Brotkorb

Obstkorb

Abwaschunterlage

Bite-Away-Stick (schnelle Hilfe bei Mücken- und Wespenstichen)

Abschminktücher

Tampons

Haarklemmen

Bürste

Nagel-Set (Schere, Pinzette usw.)

Zahnputzbecher

Wattestäbchen

Rasierer

Nagellack

Nagellackentferner

Schminke

Duschgel

Shampoo

Nagelbürste

Sonnencreme

Après-Sun-Creme

Haargummis

Sprühkur

Bartpflegemittel

Parfüm

Deo

Tagescreme

Bücher, Zeitschriften

Diverse Ladekabel

Stühle mind. 4

2x Hocker mit Tischplatte

Tisch mit Unternetz

Sonnenliege

Grilltisch

Vorzelt

Vorzeltplane

Vorzeltteppich

Sonnensegel

Gardinen

Reinigungsmittel fürs Vorzelt

Heringe

Sturmleine

Gummihammer

Gießkanne

Abwasserschlauch

Stromkabel

3er-Stecker

Auffahrkeile

Wasserwaage

Bigfoots für Stützen

Gasflaschen voll 2x klein, 1x groß (am besten aus Alu, da leichter)

Kabeltrommel

Wasserschlauch aufrollbar

Abwassertank

Werkzeugkiste mit Schraubenzieher, Hammer, Kabelbindern, Klettbändern, Panzertape

iPad Erwachsene

Kinder-iPad

Bose Bluetooth-Box

Blinkis für abends, wenn man spazieren geht

Elektropfanne

Töpfe

Pfannen

Frischhaltefolie/Alufolie

Tupperware

20-Liter-Müllbeutel

Zewarolle/Klopapier/Taschentücher/Feuchttücher/feuchtes Klopapier

Eiswürfel-Form

Zip-Beutel

Sagrotantücher, Händedesinfektionsmittel, Mundschutz

Schwarze Säcke wiederverwendbar

Schere

Flaschenöffner/Korkenzieher

Dosenöffner

Feuerzeug

Pizzaschneider

Grillpinzette/Grillzange

Brötchenmesser

Brötchenbeutel

Teesieb

Scharfes Messer

Messbecher

Tee, Kaffee, Gewürze, Nudeln,

Reis, Speiseöl, Essig, 5-Minuten-Terrine,

Spülmittel

Stöpselklau

Abwaschschwamm

Lappen

Handseife

Bauchtasche

Kuddelmuddelkiste

Notizbuch & Kugelschreiber

Tesafilm

Tablett zum Auf- und Abdecken

Suppenkelle

Nudelkralle

Obst-/Gemüsemesser

Sparschäler

Stöpsel in allen Größen!

Servietten

Strohhalme

Besteck (Messer, Gabel, Löffel groß & klein)

Pfannenwender

Salatbesteck

Kochlöffel, Schneebesen

Fleischplatte

Akkuschrauber mit Verlängerungsaufsatz zum Stützenhochdrehen

Silikonbänder für die Kinder mit Namen und Handynummer

ALKOHOL... Bier, Wein, Gin, Sekt usw.

Duschtasche mit Seitenfächern (wasserdicht/wasserabweisend am besten aus Mesh)

Kühlbox

Grillschalen Alu groß/klein

Handfeger und Schaufel

Großer Feger

Kleiner Eimer

Latex-Handschuh zum Toilette leeren

Toilettenchemie/Toilettenwasser Zusatz

Schuhanzieher

Garderobenhaken für Kleiderschiene

Wäschespinne für Deichsel

Trockenrondell Vorzelt

Wäscheleine & Klammern

Raumduft zum Sprühen

Fön, Wärmflasche, Wärmekissen, Glätteisen

Elektrische Zahnbürste

Zahnpasta, Zahnseide, Mückenspray, Mückenarmbänder

Putzmittel, Fettlöser

Soda

Antikalk

Glasreiniger

Putzlappen

Alte Putztücher

Mülleimer

Pfandwanne (kleine Fußwanne)

Abwaschwanne

Lichterkette

Lampe Vorzelt LED länglich

Mini-Stehlampe

Akku-Staubsauger

Stöpselklau

Hängeorganizer Bad klein/groß

Kunststoff-Bügel

Organizer seitlich Stockbett

Für die Kinder:

Malbücher

Stifte

Kinderschere

Kleber

Bastelkram

Walkie-Talkie

Spielsachen Autos/Barbies

Inliner

Skateboard

Roller

Hoverboard

Fahrräder

Helme

Knieschützer

Kuscheltiere

Aqua Beads

Fußball

Tischtennis

Federball

Frisbee

Gesellschaftsspiele: Activity, Rummikub, Kniffel, Karten, Bloodie Stories usw.

Für den Hund:

Hundehalsband leuchtend

Lange Gummileine

Bodenhaken zum Befestigen

Näpfe, Körbchen, Decke, Leckerlibeutel, Zeckenzange, Impfpass, Bachblütenglobuli, Hundekottüten, Kauknochen, Futter

Camping-Hacks aller Wehlingsons

Das Camping-Abenteuer mit den Wehlingsons ist noch nicht vorbei. Ich möchte euch nun noch mit in das Abenteuer Camping mit Kindern und Hund entführen. Ja, es gibt auch da einige Abenteuer, von denen ich berichten kann.

Ich möchte euch nun keine ellenlange Liste geben, sondern vielmehr einige Tipps und Tricks mit an die Hand, wie das Campingleben leichter wird.

Beginnen wir doch beim Thema Camping mit Kindern. Die beliebte Frage „Sind wir endlich daaaa?“ begleitet auch uns immer wieder.

Wer mit Kindern unterwegs ist, dem kann ich nur folgende Dinge ans Herz legen:

1. Fahrt nachts los, damit die Kinder im Auto schlafen können. Außer ihr steht auf 500 Runden „Ich sehe was, was du nicht siehst“.

2. Nehmt immer Beschäftigungen für das Auto mit. Nintento Switch, Tablet, DVD-Player, Magnetspiele, Aqua Doodle

3. Vergesst das Fresspaket nicht. Das ist überlebensnotwendig, wenn ihr nicht laufend bei Mc Donald‘s anhalten wollt.

Mom-Tipp: Kauft euren Kindern ein Silkonarmband, auf dem Name und Telefonnumer notiert sind. Falls sich die Kids doch mal auf dem Platz verlaufen, können Mitcamper die Eltern anrufen.

Für die Eltern unter uns habe ich noch einen weiteren Tipp. Noch während der Vorbereitungen zum Urlaub habe ich mir ein

Boxensystem überlegt. Zu Hause habe ich also für jeden eine Box und eine Spielzeugbox zusammengestellt, auf denen die Namen meiner Kinder kleben mit entsprechendem Motiv.

Während unserer Vorbereitungen sage ich unseren Kindern, wie lange wir in den Urlaub fahren. Sie haben nun die Aufgabe, für jeden Tag ein komplettes Outfit zusammenzusuchen und in die Box zu legen.

Natürlich helfe ich, wenn es um Badekleidung und andere Dinge geht.

Als Camper hat man noch andere Aufgaben, beispielsweise zu Beginn das Fahren mit dem Wohnwagen zu üben. Wer kein passionierter Fahrer ist, sollte zu Hause einige Runden drehen. Hat man die erste Tour hinter sich, warten viele weitere kleine Herausforderungen auf jeden Neucamper. Beispielsweise das richtige Aufstellen des Campingwagens. Dazu solltet ihr beachten, dass ihr Wohnwagen und Auto nicht unter harzende Bäume stellt, sonst ist der Ärger groß, wenn der Urlaub vorbei ist, und alles klebt voller Harz und Vogelkacke. Soll wohl auch nicht so gut für den Lack sein.

Also lieber entfernt von Nadelbaum und Co. parken, oder eine Abdeckplane zur Vorbeugung mitnehmen. Wer gelegentlich an die Ost- oder Nordsee fährt und dort einen Urlaub verbringen mag, der wird eventuell das Regenwetter kennen. Ja, wer in Deutschland bleibt, hat keine Sonnengarantie. Wenn es nun viel regnet, dann hat man als Camper schnell ein Problem mit nassen Teppichen, nassen Vorzelten und vielen weiteren durchweichten Utensilien. Was nun? Man möchte diese ja nicht so, wie sie sind, in das Auto packen. Die Sauerei mag man sich kaum vorstellen.

Vor diesem Problem stand auch ich und suchte nach einer Lösung. Gefunden habe ich diese in den Social-Media-Kanälen: Bei einer Mama sah ich schwarze, abwaschbare Säcke, die man perfekt bei einer solchen Gelegenheit anwenden kann.

Leg alles, was nass ist, in diese Säcke und nimm sie mit nach Hause, dort kannst du mit entsprechenden Vorrichtungen, z.B. einer angebrachten Kederschiene unterm Carport dein Vorzelt nochmals aufstellen und trocknen lassen.

Das kannst du natürlich mit allen nassen Sachen machen. Das Reinigen der Utensilien ist demnach auch ganz einfach. Ich habe diese Idee direkt umgesetzt und kann es dir nur empfehlen.

Ein weiteres Problem bei Camping-Anfängern sind die Vorzelte. Die neuesten Modelle nennen sich Luftvorzelte, sie haben den Vorteil, rasend schnell aufgebaut zu sein. Aber es gibt natürlich Nachteile. Einer ist beispielsweise, dass diese Zelte nur einen gewissen Luftdruck ertragen. Die Pumpen, die man dazu bekommt, zeigen leider den Druck meist nicht richtig an. Das heißt also, du musst gut schätzen können. Wir machten so unsere eigenen Erfahrungen damit. Auch wir besaßen so ein Teil. Mein Mann pumpte das Zelt also auf und gab ordentlich Luftdruck rein, denn viel hilft viel. Wenn es nach seiner Meinung geht. Nun kam an dem Tag die Sonne heraus. Ich stand in dem Vorzelt und es knallte auf einmal. In diesem Moment klappte das Vorzelt zusammen, denn es ist uns im Zelt der vordere Luftschlauch geplatzt. Der Grund war, die Luft dehnte sich bei der Wärme aus und das war zu viel für unser modernes Luftvorzelt. Also, auch hier kann ich euch nur raten, weniger ist manchmal eben doch besser!

Uns war nun aber der Luftschlauch geplatzt, weshalb Nils sich direkt mit dem Hersteller in Verbindung gesetzt hat und einen neuen Schlauch bestellte. Wir bekamen auch direkt einen neuen. Aber Achtung, meine Lieben, diese Schläuche sind sehr teuer. Ihr müsst mit 80 Euro pro Schlauch rechnen und ein Luftvorzelt hat viele dieser Schläuche. Ich dachte, ich sei schlau, und wollte direkt einen Schlauch auf Reserve bestellen. Doch jeder Schlauch im Vorzelt hat eine andere Größe. Pappnase, also nix mit Reserve. Daher, wenn ein Luftvorzelt, dann bitte eines mit einer guten Pumpe.

Und ich habe noch einen Ratschlag direkt aus dem Leben für dich. Der Aufbau des Vorzeltes bzw. das Ausrichten des Wohnwagens ist immer ein Spektakel, vor allem für Zuschauer. Stell dir vor, du kommst an und alle setzen sich mit dem Klappstuhl und Bier in deine Richtung, um die Show ja nicht zu verpassen.

Diese Blöße wollten wir uns nicht geben und den Ehekrieg schon gar nicht. Also probten wir das Aufstellen. Das Ende vom Lied, es klappt immer noch nicht richtig. Während mein Mann noch den Wohnwagen ausrichtet, stehe ich mit der Dekoration in der Wohnwagentür. Ich stehen da also mit meinen Deko-Blumen und mein Mann schaut mich an: „Das ist nicht dein Ernst, wir haben noch nicht mal das Vorzelt eingezogen.“ Doch, meine Lieben, es ist mein Ernst. Ich brauch es eben gemütlich.

Die Diskussionen bleiben also nicht aus. Ich möchte es schnell gemütlich haben und mein Mann möchte, dass alles funktioniert. Aber keine Angst, es ist bei allen Paaren so, wenn es um das Aufbauen geht, ist der kleine Ehekrieg programmiert.

Was viele Neucamper auch nicht wissen ist, dass es auf den Campingplätzen, also auf den meisten, Familienbäder gibt. Diese muss man allerdings hinzubuchen. Nun wird der eine oder andere Camper sich denken, er hat eine Dusche im Wohnwagen. Doch, um ehrlich zu sein, der Wasserdruck ist miserabel und demnach sind diese Duschen wenig zu empfehlen.

Natürlich sind die Familienbäder eine Kostensache, aber es lohnt sich. Mit diesen Bädern bekommt man den Luxus einer eigenen Toilette und einer eigenen Dusche und man hat ein eigenes Waschbecken.

Wichtig ist, das ist ein Bad, welches nur wir nutzen können. Da darf keiner rein und man kann vor allem seine Badutensilien dort lagern. Also auch hier eine Empfehlung von mir.

Kommt man doch noch in den Genuss, den Herbsturlaub campend verbringen zu können, dann rate ich jedem Familienmitglied dazu, Gummistiefel zu kaufen. Glaubt mir, ihr werdet diese benötigen. Schon allein, um den Platz ohne Schlammschuhe zu verlassen.

Was kann ich noch alles als gute Tipps dalassen? Nachfolgend eine kleine Liste an Ratschlägen:

1. Fahrräder nur mit Schloss stehen lassen. Auch, wenn es auf dem Platz ist, denkt an den Versicherungsschutz.

2. Wer Räder dabei hat, sollte auch an eine Fahrradplane denken, denn das Wetter kann ja doch mal Mist werden.

3. Am Wohnwagen selber ist es sinnvoll, sich Bigfoot-Stützen zu leisten. Diese haben Teller oder Platten integriert, die einen sicheren und besseren Stand bieten und vorbeugen das der Wohnwagen nicht einsackt.

4. Vergesst niemals Werkzeug, insbesondere der Akkuschrauber sollte immer mit dabei sein. Mit diesem kannst du die Stützen am Wohnwagen herunterfahren. Außerdem solltet ihr Sturmleinen mit haben, wenn ihr am Wasser steht. Da es oftmals doch richtig stürmisch wird.

Was sollte man nun beachten, wenn es um die allgemeinen Vorbereitungen geht? Wir erkundigen uns gerne beim ADAC, gerade wenn es in das Ausland geht, über den Ort, das Land und die dortigen Regeln. Dazu versendet der ADAC entsprechende Mappen, die alle wichtigen Informationen enthalten. Geht es um Mautstellen, dann ist auch das im ADAC integriert. Muss man durch diese Mautstellen, versuchen wir, diese in der Nacht zu passieren, um einfach längere Wartezeiten zu vermeiden.

Der ADAC schickt einem auch direkt die Vignetten zu, damit wir uns ebenfalls dort die Zeit sparen, diese zu erwerben.

Welche Utensilien muss man mitnehmen, um dort vor Ort mobil zu sein? Deswegen solltet ihr euch zusammensetzen und euch fragen, was ihr alles mitnehmen wollt (Räder, Skates, oder oder oder). Wir haben meist die Roller für die Kinder mit. Zusätzlich machen wir uns schlau, wie der Campingplatz ausgestattet ist, ob viele gepflasterte Wege zu sehen sind oder mehr Waldwege. Danach richten wir unsere Auswahl an Fahrgeräten.

Nimmt man viel mit, dann sollte man natürlich auch das Gewicht des Wohnwagens im Auge behalten. Informiert euch also, was ihr zuladen dürft, und achtet darauf. Denn eine Überladung des Wohnwagens kann teuer werden.

Abschließend möchte ich dir noch einige Impressionen zum Thema Reiseziel geben. Die Frage ist natürlich immer, wo verschlägt es einen hin, was möchte man sehen und erleben? Hier muss jeder selbst seine Entscheidungen treffen, denn die Geschmäcker sind bekanntlich verschieden.

Möchte man etwas Trubel und Abenteuer, dann sollte man Campingplätze mit Animation und Veranstaltungen nutzen. Das ist bei Kindern ein großer Vorteil. Somit haben Eltern auch immer mal eine Auszeit. Man muss allerdings wissen, dass solche Campingplätze auch immer voll sind. Wer also nicht unbedingt ein Menschentrubelfreund ist, der wird das Ganze eventuell meiden.

Wer mehr Ruhe möchte, sollte sich abgeschiedene Plätze suchen. Dazu ist es wichtig, sich die Erfahrungsberichte im Internet anzuschauen. Bei uns hat es sich eingebürgert, dass wir zum Vatertag nach Soltau fahren und dort einen Campingplatz mit Sause nutzen. An den Oster- oder an Brückentagen fahren wir meist Richtung Holland. Da ich es mehr kühl mag und mein Mann mehr heiß, haben wir uns entschieden, dass er den Sommerurlaub aussucht und ich den Herbsturlaub.

Kommen wir noch zum Thema Camping mit Hund. Wer einen Hund hat, kennt vielleicht das eine oder andere Spektakel. Unser Onno ist ein sehr entspanntes Tier, es sei denn, es geht um das Autofahren. Sobald ich das Auto packe, geht der Alarm schon los, denn er möchte mit. Sitzt er jedoch 5 Minuten im Auto, geht das Drama im Grunde los. Er beginnt zu hecheln, und da er ein Kandidat mit langen Lefzen ist und eine extreme Speichelproduktion besitzt, sieht es immer so aus, als hätte er mehrere Turnschuhe verschluckt. Die Sabberfäden kleben auch gerne mal auf dem Fußboden. Wir als Mitfahrer fiebern immer nur mit, hoffentlich schüttelt er sich nicht. Autofahren ist für Hunde natürlich auch Stress, das muss man schon sagen, und deswegen haben wir versucht, unserem Onno den Stress zu nehmen. Wir haben es mit Bachblütenglobulis probiert, die etwas anschlagen. Also, ich weiß nicht, wie es ihm gehen würde, wenn er sie nicht nimmt.

Wir muten unserem Hund allerdings auch keine allzu langen Fahrten zu. Also maximal 4 bis 5 Stunden. Wenn wir in den Sommerurlaub reisen, dann finden wir für Onno eine andere Unterkunft, denn da sind die Fahrten doch etwas länger. Bei seinem Gewicht von 70 Kilogramm machen unserem Hund hohe Temperaturen natürlich auch zu schaffen.

Möchte man den Vierbeiner doch mitnehmen, dann sollte man natürlich versuchen, den Stress zu reduzieren. Dazu nutzen wir viele Pausen und Spaziergänge an den Raststätten, damit er einfach mal runterfahren kann. Wir bleiben auch mal länger an der Raststätte, damit unser Hund Kraft sammeln kann. Beachten muss man natürlich ebenso, wo der Hund seinen Platz findet.

Wir haben es so gemacht, dass wir bei unserem Bully die hinteren Einzelsitze herausnehmen und die Bank einfach so weit nach hinten schieben, dass Onno vorne sitzen kann. Nachteil ist, bei unserem VW-Bus kann man von hinten nach vorne durch. Diese Gelegenheit nutzt Onno natürlich und hängt dann mit seinem Kopf zwischen mir und meinem Mann und hechelt sich einen ab. Durch seinen Speichelfluss sehen wir und die Sitze dann auch dementsprechend aus.

Es ist also keine leckere Angelegenheit, deswegen müssen wir den Bully erst einmal reinigen, wenn wir auf dem Platz ankommen. Nicht zu vergessen ist die Versorgung des Tieres auch während der Fahrt. Deswegen halten wir regelmäßig an und geben ihm Wasser an der Raststätte. Einen Napf und Wasser sollte man also immer dabei haben.

Ist man dann auf dem Platz angekommen, kann man die Möglichkeit nutzen und neonfarbene Leinen verwenden. Mit speziellen Ösen zum Schrauben lässt sich die Leine im Boden fixieren.

Nicht zu vergessen sind Zeckenzange und natürlich die Pflege für das Tier. Vor dem Urlaub eine Floh- und Zeckenimpfung kann durchaus sinnvoll sein. Auch dabei haben solltest du den Impfpass vom Hund.

Natürlich ist das bei den Kindern ebenso wichtig.

Wer seinen Hund frei laufen lassen möchte, wo es möglich ist, der sollte ein Leuchte-Halsband nutzen, um ihn im Dunkeln nicht zu verlieren.

Bevor diese Überlegungen alle stattfinden, sollte man sich informieren, ob man den Hund überhaupt mitnehmen darf und welche Möglichkeiten es für den Hund gibt. Fragt nach Hundewiesen, Spielplätzen oder auch Stränden, damit auch euer Hund Erholung erfährt. Wer mit seinem Tier in den Urlaub reist, sollte immer ausreichend Kau-Beschäftigung für den Vierbeiner dabei haben. Mit ausreichend Beschäftigung kann man den Hund auch gerne mal allein lassen, um beispielsweise essen zu gehen.

Was viele Camper auch nicht wissen, ist, dass viele Campingplätze einen Ausgang für Camper mit Hund haben, um beispielsweise das Gelände zu verlassen und mit dem Hund Gassi gehen zu können. Dazu muss man jedoch an der Rezeption den Schlüssel gegen Pfand ausleihen.

Abschließend möchte ich dir ans Herz legen, dass du oder ihr ein Campingbuch führt, in dem alle Campingplätze mit Vor- und Nachteilen aufgezeichnet sind. Das heißt, ihr könnt euch notieren, was ihr erlebt habt, was toll und was weniger toll war. Um einfach die Möglichkeit zu haben, doch noch einmal nachzuschlagen.

Mein Gruß an euch

Meine lieben Camper, Neucamper und Freunde, ich hoffe unsere Abenteuerreisen haben euch gefallen. Wir sind Feuer und Flamme und planen direkt den nächsten Urlaub. Mal sehen, was uns dieses Mal erwarten wird.

Mit unseren Reisen nach Kraotien, Frankreich und Italien wollten wir euch einen bunten Mix aus Campingtagen mit auf den Weg geben. Lesen ist schön, doch erleben ist besser.

Ich hoffe sehr, dass ihr hin und wieder schmunzeln musstet!

Vielleicht sehen wir uns auf dem einen oder anderen Platz wieder. Bis dahin wünsche ich euch viel Freude auf euren Reisen. **Möchtest du mehr von uns und über unsere Reisen erfahren, besuche unsere Familie auf Instagram. Ich würde mich freuen dich auf den beiden Kanälen mamalunamalou & wehlingsonsontour zu begrüßen.**

Haftungsausschluss

„Die Verwendung der Informationen in diesem Buch und die Umsetzung derselben erfolgt ausdrücklich auf eigenes Risiko. Der Autor kann für etwaige Unfälle und Schäden jeder Art, die sich bei der "Zubereitung der Speisen" ergeben, aus keinerlei Rechtsgrund die Haftung übernehmen. Haftungsansprüche gegen den Autor für Schäden jeglicher Art, die durch die Nutzung der Informationen in diesem Buch bzw. durch die Nutzung fehlerhafter und/oder unvollständiger Informationen verursacht wurden, sind ausgeschlossen. Folglich sind auch Rechts- und Schadenersatzansprüche ausgeschlossen. Der Inhalt dieses Werkes wurde mit größter Sorgfalt erstellt und überprüft. Der Autor übernimmt keine Gewähr und Haftung für die Aktualität, Korrektheit, Vollständigkeit und Qualität der bereitgestellten Informationen. Druckfehler können nicht vollständig ausgeschlossen werden. Weiterhin beruht der Inhalt dieses Werkes auf persönlichen Erfahrungen und Meinungen des Autors. Der Inhalt darf nicht mit "medizinischer Hilfe" verwechselt werden."

Impressum

1. Auflage

Kontakt: Nils Wehling

Oberstr.10a

28790 Schwanewede

Email: nilswehling@yahoo.de

Covergestaltung & Coverfoto: Patricia von www.deincoverdesign.de

Bildmaterialien: Nils Wehling

Printed in Germany
by Amazon Distribution
GmbH, Leipzig

26198151R00084